ÉDIPO

MESSIAS OU COMPLEXO?

SATTVA EDITORA

contato@sattvaeditora.com.br
www.sattvaeditora.com.br

Editora: **Vivian Lerner**

Revisão: **Olenka Franco**

Projeto gráfico, diagramação
e capa: **Luiz Zonzini**

Tradução diretamente do grego moderno e antigo
pelo autor

Salis, Viktor David
Édipo: messias ou complexo? / Viktor David
Salis. - - São Paulo : Sattva Editora, 2017.

ISBN 978-85-67977-06-5

1. Mitologia 2. Psicologia Analítica 3. Édipo I. Título

CDD – 150.195 4

VIKTOR D. SALIS

ÉDIPO

MESSIAS OU COMPLEXO?

SATTVA EDITORA

2017

5ª edição

DEDICATÓRIA

Consagro esta obra

À memória e glória dos deuses do Olimpo

À busca da Paideia no seu eterno ideal de

Formar "homens obra de arte"

Aos meus alunos que tanto me ensinam

À minha mãe pela sua paciência e

Infinita compreensão

À memória de meu pai e de meu irmão

Viktor D. Salis

SUMÁRIO

PRÓLOGO

Desde o advento da psicanálise, nos fins do séc. XIX, consolidou-se a ideia de que Édipo e sua contrapartida Electra representavam o desejo inconsciente de relacionamento incestuoso entre mãe e filho, e pai e filha.

É pouco, muito pouco, para o significado e grandeza contidos nas obras Sófocles – Édipo Rei, Édipo em Colono e Antígona. Esta obra pretende recuperar seu verdadeiro sentido, que compreende a história de um homem maldito e condenado à morte antes mesmo de nascer e que, pela sua coragem de ser verdadeiro, alcança o mais alto grau oferecido aos homens pelos deuses: a imortalidade, somente concedida aos Messias, os filhos de Deus. Édipo é, portanto, o antecessor de Moisés, Buda, Cristo e Maomé - para citar somente alguns.

Não é diverso o caminho de Antígona – a mais elevada e nobre trajetória de uma heroína – que não hesita em enfrentar a morte para honrar o mais sagrado dos arcaicos mandamentos: o direito de nascer, viver e morrer com dignidade.

CAPÍTULO I

ORIGEM E CARÁTER MISTAGÓGICO (1) DA TRAGÉDIA GREGA

1. A FUNÇÃO RELIGIOSA DO TEATRO E DA TRAGÉDIA.

É preciso ter-se em mente que nem o teatro nem a tragédia têm, para os gregos antigos, o mesmo sentido que para nós modernos. Desde sua origem, por volta do século VI a.C., a tragédia era parte integrante de um cerimonial sagrado, dedicado ao deus Dioniso e como tal só era apresentada nessas condições.

Ademais, a palavra "apresentada" é inadequada, pois a tragédia não se apresenta, a tragédia ensina-se, ela é "didatizada", para os antigos. Esse neologismo retrata com mais exatidão o que se pretendia com a tragédia: um elevado grau de aprendizado iniciático - espiritual. Por ser essa a sua função, é parte integrante da formação do homem helênico na sua Paideia (2).

Tendo-se originado, como veremos, nos ditirambos (cantos dionisíacos), a tragédia inicialmente só podia ser apresentada em locais dedicados ao deus Dioniso. O teatro é um dos locais sagrados helênicos, dentre três estruturas fundamentais e Delfos (3) é um exemplo típico: 1) o estádio; 2) o santuário; 3) o teatro. Os cultos propriamente ditos eram praticados em casa, sendo os santuários (os locais sagrados) dedicados às festividades. O significado disto é que no estádio cultuava-se principalmente o corpo, no teatro o espírito; cultuar um deus era praticá-lo nos santuários. Assim o culto do corpo e do espírito aprendia-se no santuário - para tornar-se semelhante aos deuses.

Sendo o teatro um local sagrado (teatro = casa do deus), não se ia ao teatro para diversão, mas para consagrar um culto. Compreender uma peça é dedicá-la ao mesmo tempo a determinado deus e, portanto, compreender outro aspecto divino, advindo daí a onipresença da referência do divino. O teatro é inequivocamente sagrado e não tem o caráter pagão que hoje lhe conferimos. Ele é sagrado em suas origens e em sua função.

Toda festividade religiosa continha concursos de teatro, que não eram apenas representações de peças. Havia poemas, havia os famosos debates, isto é, o desafio entre dois pensadores (veja-se, por exemplo, a arte e a riqueza de argumentação na peça "Os Sapos", de Aristófanes). Essas competições eram realizadas e consagradas ao deus da festividade - era uma maneira de honrá-lo e tornar-se semelhante a ele - em suas características, propriedades e peculiaridades. Era recontar os mitos a ele ligados ou nos quais ele intervinha.

O teatro tinha então grande importância na formação do homem helênico; inicialmente era gratuito e aberto a todos os cidadãos. Os teatros, mesmo para os padrões modernos, eram muito grandes. O teatro de Dioniso, ao pé da Acrópole, foi projetado para 16.000 pessoas. O teatro de Epidauro, ainda hoje em perfeito estado de conservação, localizado num bosque, comporta 14.000 pessoas. O teatro de Éfeso tem capacidade para 25.000 pessoas. Atenas no seu auge tinha mais ou menos 100.000 cidadãos, dispondo de um teatro para 16.000 pessoas, ou seja, em alguns dias, a maior parte da população poderia assistir a uma peça. Isso revela a importância do teatro no cotidiano do cidadão grego, pois, para os antigos, o teatro é absolutamente fundamental e é sagrado como tal.

2. A DECADÊNCIA DA FUNÇÃO SAGRADA DO TEATRO.

A decadência da civilização helênica pode ser medida com o que se fez do teatro grego. No início, era gratuito e aberto aos cidadãos da Pólis, porque fazia parte da sua Paideia. Caravanas iam a pé a Delfos ou a Olímpia para assistir aos festivais, aos jogos e a todas as festividades dedicadas a Apolo, a Hera etc. Para mobilizar toda essa massa humana, era preciso que houvesse um grande ideal por trás e é claro, como se pretendia que isso fizesse parte da educação do homem helênico, nada melhor que fosse gratuito.

Mas em pleno século V, na época de Péricles, o teatro passa a ser pago; é gratuito apenas para quem não pode pagar. O Estado se obrigava a fornecer entrada grátis (eram os chamados símbolos) (4) ao cidadão que não pudesse pagar. Era o início da decadência e humilhação do cidadão grego.

Esta questão gerou enorme polêmica em Atenas, pois, como já dissemos, o teatro era local de culto e de educação espiritual elevada. Não se podia aceitar, portanto, que fosse pago. De fato, essa manobra era denunciada pelos cidadãos mais lúcidos e mais corajosos, como uma maneira de afastar o ateniense de sua mais elevada educação libertadora. Era uma manobra de governantes mais interessados em cidadãos guerreiros, que em cidadãos cultos e iluminados. Ironicamente, mais tarde, todos (e não apenas os cidadãos da Pólis) passaram a receber "símbolos", ou seja, entrada grátis. Mas isto pouco durou e o teatro do século IV já é pago por todos, o que demonstra claramente a decadência; uma vez pago, acaba-se com o ideal da educação. Esse jogo político é denunciado por Sócrates, que condena a destruição da Paideia, considerada então uma obrigação da Pólis para com o cidadão.

3. A TRADIÇÃO INICIÁTICA DA TRAGÉDIA.

Os grandes trágicos (Ésquilo, Sófocles, Eurípedes) vêm de uma tradição iniciática. São mestres iniciados e pertencem às grandes confrarias, que ainda existem na sua época, mas que logo começarão a ser perseguidas porque elas não trazem uma visão guerreira do homem, mas sim de elevação e desenvolvimento do ser espiritual e místico.

Por essa razão, muitas de suas peças servem como um instrumento para denunciar o que está acontecendo no presente, através de um recurso disfarçado do passado. A mítica utilizada, quer em "Édipo Rei", quer nas "Bacantes", vale-se desse recurso para denunciar uma situação presente. A estória em si tem uma importância maior, mas certas cenas são utilizadas com o objetivo de trazer à tona a situação decadente da época, como vemos muito bem em Medeia e Antígona, que denunciam a condição da mulher, do homem e do jovem. Em "Antígona", no diálogo entre Creonte e seu filho Hêmon, vemos o conflito de gerações, algo sempre atual, revelando uma geração protestando contra a forma de os mais velhos se imporem.

Mas a função da tragédia não é exatamente essa, embora os trágicos tenham se utilizado dela. A tragédia "didatiza", pois faz parte da Paideia e como tal é parte integrante de uma tradição mítica. A tragédia revela o mito e o explica. Quando Sófocles, por exemplo, "ensinou" "Édipo Rei", "Édipo em Colono" e "Antígona", trouxe histórias gregas conhecidíssimas. Não há originalidade no tema da tragédia. A preocupação é revelar, trazer de volta; trata-se de cultuar a memória do sagrado e por isso os textos têm esse caráter sacro. Revelam um mito já conhecido, mas dão-lhe uma nova dimensão ao "recontá-lo" no sentido socrático, ou seja, recordar é aprender.

O teatro era um trabalho que visava à excelência e não ao dinheiro. Sófocles, por exemplo, foi general e prestou serviços ao Estado; ficou conhecido por suas peças, mas o prêmio obtido por elas era unicamente uma coroa de louros.

A função da tragédia é manter viva a tradição mítica - iniciática. Ela reconta um tema fundamental, que é sempre o mesmo: a sagração do herói, o que deve e o que não deve ocorrer para que se torne herói. Tem a dupla função de indicar o caminho que se deve ou não seguir; reconta assim o caminho mítico do homem e o lugar dos deuses. Procura revelar a distância entre homens e deuses e indicar um caminho para seu destino. E mais ainda: o destino do herói da tragédia (o protagonista) será sempre a morte ou desgraça, para que nós possamos aprender com seu exemplo. Nesse sentido, o rito da tragédia é exemplar, ou seja, é paradigmático da condição humana.

O tema do destino é retomado constantemente, com a escolha de assumi-lo ou abandoná-lo, ou seja, ao ensinar a tradição do mítico, pretende revelar também o desastre de abandoná-lo.

Como vemos, o teatro era parte fundamental da Paideia na Grécia antiga. Era um local sagrado, aonde não se ia para "rezar", mas para "iniciar-se", no sentido espiritual e místico do termo. Por outras palavras, o teatro é um local de Psicagogia (5) e principalmente de Mistagogia, a mais elevada forma de iniciação na Grécia antiga, que ocorre após a Paidagogia. (6)

4. ORIGENS: O CULTO DE DIONISO.

O culto de Dioniso está na base do nascimento e do desenvolvimento da tragédia. Dioniso significa Zeus-ilha, deus–ilha - o deus do insulamento, que ensina a arte de superá-lo. A tradição conta-nos que era filho de Zeus e Sêmele, esta por sua vez filha de Cadmo, rei de Tebas. Sêmele morre incendiada ao ver Zeus (não se pode "ver" o sobrenatural); Dioniso nasce da coxa do pai, onde terminara a gestação. Zeus entrega-o então a Hermes para ser criado e educado.

Dioniso é aquele que veio para ensinar aos homens romper seu isolamento (diríamos hoje seu "narcisismo"), já que não se pode aprender a conhecer o outro sem antes aprender a conhecer a si próprio e mais, eu me revelo no outro assim como o outro se descobre em mim. O ritual dionisíaco passa pelo conhecimento de si e pelo conhecimento do outro e inaugura a verdadeira relação social, relação que só se intui pelo mistério de si próprio, pois todo ser humano é uma "ilha". Uma vez rompido o isolamento, aprende-se a comunhão. Dioniso é aquele que ensina através do outro. Fica assim bem clara a relação entre Dioniso e a tragédia - é o outro o meu espelho, às vezes maldito, às vezes bendito, porém sempre inevitável.

Dioniso era divindade consagrada à videira e ao vinho, mas era também deus da natureza, da terra e de todas as suas manifestações misteriosas. Muitos são os relatos míticos que falam dos sofrimentos, como também dos triunfos de Dioniso.

Seus fiéis adoravam-no consagrando o entusiasmo (7), entoando-lhe canções de grande vivacidade e força. O vinho estava sempre presente e era considerado uma dádiva dionisíaca. No entusiasmo e delírio que o canto e o vinho produziam, eram estimuladas metamorfoses, no sentido de os fiéis transformarem-se ou no próprio Dioniso, ou nos seus alegres e barulhentos seguidores, também chamados de "sátiros" (eram metade homem, metade bode). Para darem maior realismo a essas metamorfoses, vestiam-se e fantasiavam-se como os personagens glorificados em seus cantos. Vestiam então peles e máscaras de bode, nomeando-se a si próprios bodes (em grego = tragos). Esses sátiros eram também chamados de "Silenos" e eram na origem divindades inferiores, porém seguidores inseparáveis de Dioniso.

Os cantos dos sátiros, dos seguidores fantasiados em sátiros, deram origem ao "coro trágico", cujos cânticos eram entoados no ritmo ditirambo. Vale notar que, nos primeiros tempos, os sátiros eram também chamados de "Téras" e assemelhavam-se aos cavalos. No entanto, devido à vivacidade que lhes era atribuída, foram cada vez mais identificados com bodes.

5. O DITIRAMBO E AS CANÇÕES TRÁGICAS.

"A tragédia nasceu daqueles que se destacavam nos ditirambos", escreve Aristóteles, que acrescenta ainda: "tinham um caráter improvisado". O "destacante" era chamado de cantor (aedo). Assim, a palavra tragédia compõe-se de "bode" (tragos), mais canto (odia) = "canto do bode" ("tragosodia" - "tragodia" - tragédia).

Esse cantor abordava com bastante liberdade determinado tema, mítico histórico sempre, e o coro dos "trágicos" respondia-lhe com versos, que tinha decorado anteriormente. Criava-se assim uma forma de diálogo entre o destacante e o coro.

6. O TEMA DO BODE EXPIATÓRIO.

É preciso que se tenha em conta que, por trás da aparente algazarra dos rituais dionisíacos, havia um cerimonial iniciático de enorme profundidade. Procurava de início reproduzir um mito de transformação (ou transmutação) do homem em bode e vice-versa, para evidenciar a origem instintiva do homem (proximidade com sua parte animal) e sua respectiva transcendência.

Além disso, recriava a cena do bode expiatório, aquele que morre para salvar-nos, para que continuemos vivos. E isso incluía o sacrifício do animal que nos fornece alimento, recordando-nos que estamos vivos a expensas da morte alheia (é desta miserável condição que o homem não escapou jamais), até o despedaçamento de Dioniso pelos monstruosos Titãs.

Esse ritual da morte de Dioniso retoma um arcaíssimo tema, revivido na tradição cristã: "Jesus morreu para salvar a humanidade". Só que antes dele Orfeu, e antes de Orfeu, Dioniso, já o tinham feito, para citar somente dois entre outros.

Trata-se aqui do rito sacrificial da morte do mestre, para que seus discípulos possam viver (isto é, iluminar-se). Esse ritual será a marca fundamental da tragédia, pois os atores "morrem", (isto é, mascaram-se, anulam-se), para que a plateia possa ser iluminada pelos seus ensinamentos.

Além disso, a tragédia, ao recontar o tema da sagração do herói, utiliza sempre o tema do bode expiatório. A tragédia deve ser compreendida com a seguinte condição em mente: o herói morrerá para "salvar a humanidade". A tragédia, portanto, reconta o drama da condição humana: "outros tem que morrer para que eu viva, pois vivo à custa da morte do outro". Esta é a simbólica fundamental de toda a vida, porque mostra o despedaçamento da semente, para que possa nascer a planta. Esse ciclo da vida é o que a tragédia pretende recontar e, o mais importante, mostrar como o mestre deve morrer para ensinar o caminho.

7. AS PRIMEIRAS TRAGÉDIAS E O DRAMA SATÍRICO.

É unânime a concordância dos autores antigos em atribuir a paternidade da tragédia, tal como a conhecemos, a Téspios (8). Nasceu aproximadamente em 580 a.C. numa região da Ática chamada então Icária e hoje Dioniso.

Inovou Téspios ao retirar um dos sátiros do coro e dar-lhe uma récita, que respondia ao que era cantado pelo coro. Esta forma desenvolveu-se até estruturar-se na forma de um tema, surgindo aos poucos o diálogo, embora este tivesse pouca importância no início. Naturalmente, os temas eram religiosos e ou heroicos. Infelizmente, nenhum deles sobreviveu até os nossos dias.

A organização inicial da tragédia contava com um único ator que representava o herói, o corifeu e o escravo sucessivamente, além do coro. Sua apresentação continuou a acontecer por ocasião das festas de Dioniso - as Dionisíacas.

São mencionados pelos escritores antigos dois outros grandes trágicos que seguiram a Téspios. São eles: Quirilo e Frínico. Do primeiro não temos informações, mas do segundo consta que, ao apresentar sua peça "A Tomada de Mileto", fê-lo de modo tão emocionante, que o povo de Atenas caiu em prantos, sendo por isso castigado: teve que pagar uma multa! Parece que foi levada a cabo em 495 a.C.

Foi por volta de 500 a.C. que Pratinas apresentou seu primeiro drama satírico, num concurso em Atenas do qual participaram Ésquilo e Quirilo, na 70ª olimpíada. Este drama não se afasta da tragédia em linhas gerais, mas tem uma ritmação mais acelerada e parece que sempre se limitou a dois atores. Seus temas são tomados das mesmas fontes das tragédias, ou seja, são heroicos também.

A principal diferença reside no "estado de espírito" em que a peça é apresentada. E aqui o termo "apresentada" é exato; o drama, mais superficial, não "didatiza", apenas apresenta uma história. Portanto não tem nenhuma intenção explícita - exatamente como no teatro moderno. Utilizava como temas grandes peripécias dos heróis, que eram engraçados ao mesmo tempo. Além disso, seus personagens eram ora destemidos, ora divertidos.

Todos os três grandes trágicos - Ésquilo, Sófocles e Eurípedes - escreveram dramas satíricos de sucesso, além de suas tragédias.

No entanto, o drama satírico nunca teve nem o respeito, nem o sucesso das tragédias, sendo considerado um gênero nitidamente inferior, cuja finalidade era prover uma "pausa" e um descanso aos espectadores, entre a apresentação de uma trilogia e outra, durante os concursos.

8. A ORGANIZAÇÃO DOS CONCURSOS TRÁGICOS.

Por volta do século V, as regras dos concursos trágicos já estavam bem fixadas: cada autor deveria apresentar uma trilogia trágica e um drama satírico, pelas razões já expostas.

As tragédias eram geralmente apresentadas na Ática, em três festividades de Dioniso:

1 - nas festas de Agro - terra fértil.

2 - nas festas Líneas - o amassar da uva.

3 - nas festas das Grandes Dionisíacas.

As primeiras (festa do Agro) eram festas campais, nas quais principalmente se apresentavam as tragédias. Eram festas consideradas pequenas e das proximidades. Nas Grandes Dionisíacas, eram apresentadas tragédias pela primeira vez. Ocorriam no princípio da primavera, no mês então chamado "Elafivoliona", correspondente a março - abril. Nas festas Líneas (do amassar da uva) também as tragédias eram reapresentadas.

A organização dessas festas estava a cargo de um "chefe nomeado". A ele se reportavam os poetas que queriam "didatizar" uma tragédia. Este chefe então escolhia três dentre os demais, tendo o cuidado de efetuar esta escolha de modo a não contrariar o público. Era entre esses três que acontecia o concurso e cada um deles tinha então que apresentar uma trilogia trágica e um drama satírico. Eram portanto apresentadas doze peças no total, em cada concurso.

As despesas envolvidas na peça - atores, costumes, cenários etc. - ficavam por conta de um "patrocinador", escolhido pelas famílias influentes. Ele só podia financiar um poeta, sendo escolhidos outros patrocinadores para os demais, e sempre um para cada um. Na realidade, esse "patrocínio" era uma espécie de imposto pago pelos cidadãos mais ricos à cidade, para o desenvolvimento da Paideia.

Alguns dias antes do concurso, era apresentada uma relação provisória com os nomes dos juízes. Eram sorteados e relacionados os nomes de quinhentos atenienses, cinquenta de cada um dos dez clãs, em uma lousa para cada. Estas dez lousas eram então colocadas numa caixa lacrada e guardadas no Parthenon.

Dois dias antes do início das festividades, os três poetas já escolhidos pelo chefe da cidade dirigiam-se, juntamente com os seus atores e coro, para o Odeon. Este era um teatro coberto, utilizado para concursos musicais principalmente. Lá os atenienses reuniam-se para acompanhar o que seria uma espécie de pré-estreia. Os poetas, com seus atores e coro, subiam um de cada vez no tablado e anunciavam a sua peça, do que trataria, seu título, personagens etc. Um dia antes do início das apresentações, as dez urnas eram trazidas da Acrópole, abertas, e de cada uma era sorteado um juiz. Cada um dos dez juízes recebia uma lousa para registrar suas opiniões a respeito de cada peça. Era então sorteada a ordem de apresentação dos poetas, com suas respectivas trilogia e drama satírico. No quarto dia das Dionisíacas, tinha finalmente início o concurso. Os espectadores costumavam chegar antes do nascer do sol, já que os lugares eram muito disputados, apesar das enormes dimensões dos teatros. As peças começavam a ser apresentadas logo de manhã, uma vez que, na época, não havia iluminação suficiente para apresentação noturna.

Quando era encerrada a última apresentação, os dez juízes apresentavam seus julgamentos, mas eram então sorteados cinco deles para serem definitivos e os cinco restantes eram excluídos do concurso.

O prêmio era simples, uma coroa de louros, mas a glória imensa. O "patrocinador" também recebia uma coroa e havia prêmios para o primeiro, segundo e terceiro lugares. Ademais, registrava-se o ocorrido em ata oficial e pública e em placas de mármore eram inscritos os nomes dos vencedores. Eram chamados de grandes "Didáctores", donde se originam as palavras didatas e doutores.

9. A REPRESENTAÇÃO DA TRAGÉDIA: O CORO, OS ATORES E A MÁSCARA.

Até a época de Ésquilo, o coro era composto de doze pessoas, mas de Sófocles em diante constava de quinze pessoas. O corifeu era quem dirigia o coro e, em certas ocasiões da peça, falava por conta própria, independentemente do coro.

Eram três os artistas da tragédia, chamados de protagonista, deuteragonista e tritagonista (9). Podiam exercer – e exerciam – vários papéis, inclusive os papéis femininos, uma vez que não era permitido às mulheres subir no palco, embora pudessem assistir às peças. Para a representação de reis, deuses, semideuses e heróis, utilizavam-se de vários recursos como sapatos altos, além de roupagens grandiosas.

Além de figurinos especiais, tanto o coro como os atores usavam máscaras (10), cuja função era revelar a separação entre a essência e a aparência. As expressões fixas das máscaras buscavam ressaltar a capacidade do homem de esconder seus sentimentos verdadeiros com um disfarce; a máscara revelava apenas uma expressão do rosto, que encobria um verdadeiro sentimento.

O nascimento da personalidade é o momento em que o homem engole para dentro de si o próprio eu (ou torna-o um inconsciente individual) e só mostra aquilo que lhe interessa e aquilo que se permite: cara de cínico, de tímido, de bonzinho etc. É essa postura que as expressões fixas da máscara pretendem revelar. Por trás das várias máscaras que os atores usavam, estava o verdadeiro sujeito, e o coro, quando não fazia o papel de algum deus, era um revelador incômodo, espécie de "ego auxiliar". Muitas vezes o coro traspassava o ator e comunicava-se diretamente com o público. O objetivo era romper a máscara e revelar o ser, ou seja, reconquistá-lo era desmascará-lo.

No início, os próprios poetas desempenhavam os papéis principais de suas peças. Ésquilo o fez por muitos anos, e até Sófocles, em sua juventude. Com o passar dos anos, no entanto, surgiram pessoas especializadas na "arte da mímica". Eram chamados de "Ithopiós"; literalmente: "ética - poeta", isto é, o poeta da ética, aquele que fabrica a ética (aquele que trás à tona a palavra sagrada, que tem postura sacerdotal). Eram também chamados de "Hipocritís" = hipócrita, literalmente: aquele que não tem crítica, aquele que se anula (daí a falta de crítica) para que o personagem possa existir.

O artista revive sempre o tema do bode expiatório: "morre", anula-se, para que o personagem possa existir e a plateia possa ser "ensinada", mais exatamente, "iniciada" nos mistérios do destino e dos desígnios divinos.

10. OS TEATROS GREGOS.

Os teatros originaram-se da utilização de um espaço público próximo a um templo de Dioniso, que em grego se chamava "plateia" (11). Era exatamente aí, na plateia, que ficava o público e no centro ficavam os atores. Mais tarde começaram a construir cenas de madeira e locais de acomodação para os espectadores e finalmente foram construídos os teatros em pedra e mármore.

Estavam sempre localizados perto de algum templo de Dioniso Libertador, assim chamado pela sua função de proteger os teatros, que eram chamados também de "Grandes Dionisíacos". Fica evidente que a função do teatro era libertar o espírito do homem da ignorância.

O teatro tinha uma construção muito própria e peculiar. Ao pé da arquibancada do público, havia uma área circular chamada orquestra. No centro desse espaço estava um altar de Dioniso, chamado Temele.

A orquestra era um espaço reservado à movimentação do coro que, assim que entrava em cena, concentrava-se em torno do altar ou adiantava-se até a cena. O coro movia-se sempre ritmicamente, enquanto cantava ao som da flauta ou dançava.

À frente da orquestra, havia duas saídas laterais, à esquerda e à direita, para a entrada e a saída do coro.

Ao fundo da orquestra e à frente da plateia, ficava a cena. Essa construção tinha provisões para mecanismos de mudança de cenário e locais para os artistas trocarem de roupa e de máscara. Aliás, a riqueza de cenários era muito grande e frequentemente envolvia complexos mecanismos, para sua substituição durante a apresentação. Até mesmo sofisticados guinchos eram utilizados para mostrar os deuses suspensos no Olimpo ou voando.

À frente da cena, próximo à plateia, ficava o proscênio, onde os atores se apresentavam e cuja principal característica era dispor de cenários móveis.

A forma geral do teatro grego é bem conhecida, como também sua fantástica acústica. O que se esquece (e nunca é demais lembrar) é sua função sagrada e pedagógico-iniciática. Confunde-se sua função com a do teatro moderno, atribuindo-lhe algo como "o nosso teatro primitivo". Mais uma vez, são classificações ingênuas do positivismo pseudocientífico.

O teatro grego não é o precursor do nosso teatro porque, apesar das semelhanças aparentes, suas funções e mesmo suas dimensões físicas são radicalmente diferentes. Nosso teatro é pagão por natureza e índole; vai quem quer e vai-se para diversão, embora muitas peças modernas tenham a grandeza e a seriedade das tragédias gregas.

11. ÉSQUILO.

Juntamente com Sófocles e Eurípedes, Ésquilo é considerado um dos três grandes da tragédia antiga. É mesmo considerado o pai da tragédia, embora seja posterior a Téspios e Frínico. É que deles nenhuma obra sobreviveu até os nossos dias, infelizmente.

Era filho de Eufóreon e nasceu em Elêusis por volta de 525 a.C. Pertencia ao aristocrático clã dos Eupátrides. Participou da septuagésima olimpíada, entre 500 e 497 a.C. Vieram a seguir os anos das Guerras Médicas, nos quais Ésquilo lutou heroicamente em Maratona (490 a.C.) e, após, participou da batalha naval da Salamina, que deu a vitória aos gregos. Faleceu em 456 a.C., na Sicília.

Sua peça mais antiga, "As Suplicantes", venceu um concurso pela primeira vez em 484 a.C. Em 472 a.C., "didatizou" "Os Persas"; em 468 a.C. competiu com um rapaz chamado Sófocles, sendo por ele vencido (!). Em 467 a.C., "didatizou" "Sete contra Tebas"; em 458 a.C., a "Oresteia", trilogia composta por "Agamémnon", "Coéforas" e "Eumênides".

Estas são as sete peças de Ésquilo que sobreviveram até os nossos dias:

1 - As Suplicantes.

2 - Os Persas.

3 - Sete contra Tebas.

4 - Prometeu acorrentado.

5 - a trilogia Oresteia ("Agamémnon", "Coéforas" e Eumênides")".

Examinemos sucintamente o tema e o enredo de cada uma delas.

1 • As Suplicantes

Nesta obra, o tema é lírico. As filhas de Darnáo partem da Líbia em direção a Argos, para fugirem da perseguição dos filhos do Egito.

A questão central é a súplica como exercício de iniciação. É sempre oportuno frisar que Ésquilo era um iniciado nos mistérios de Elêusis (12), sua terra natal. Era tido como um seguidor heroico da tradição iniciática arcaica e suas tragédias são peças da mais alta Mistagogia eleusiniana e helênica.

2 • Os Persas

É a única tragédia histórica de Ésquilo. Seu tema é a derrota e a destruição dos persas na batalha naval de Salamina. Assim, seu enredo apresenta um caráter épico, que glorifica o heroismo helênico.

3 • Sete Contra Tebas

É a única parte que sobreviveu da trilogia em forma de epopeia "A Tebaida". As duas outras partes que a compunham eram "Laio" e "Édipo". Nesta peça, o tema é a disputa fratricida entre os dois filhos e irmãos de Édipo, ou seja, entre Etéocles e Polinices, pelo trono de seu pai em Tebas. Sendo a terceira e última parte da trilogia, permanece prejudicada em grande parte nossa compreensão do enredo. É de lamentar ademais, a perda da possibilidade de comparar a versão de Édipo de Ésquilo com a de Sófocles que, esta sim, afortunadamente chegou até nós.

4 • Prometeu acorrentado.

É a primeira parte que sobreviveu de uma trilogia. Os nomes da segunda e da terceira parte são incertos. Aqui, Ésquilo apresenta o Titã Prometeu como o benfeitor da humanidade. É castigado por Zeus pelos bens que deu aos homens (o fogo dos deuses); embora aqui também o enredo esteja comprometido pela ausência das duas partes da trilogia, conhecemos um pouco melhor o seu desenrolar, pelos relatos que alguns comentadores nos deixaram. Assim ficamos sabendo que o arrogante Prometeu da primeira peça se recusa a reconhecer ter cometido um crime perante os deuses (deu aos homens mais do que eles mereciam), passa por uma progressiva transformação onde recupera a imortalidade que Zeus antes lhe tirara e é finalmente admitido de volta ao Olimpo, para viver agora ao lado dos deuses. É justamente esta transformação da arrogância em humildade, que por sua vez resulta na redivinização de Prometeu, o tema e enredo fundamentais desta trilogia que, mais uma vez, tanto lamentamos terem se perdido.

5 • Oresteia.

Esta trilogia foi a última obra de Ésquilo. É sem dúvida uma das maiores obras primas da humanidade; toda a genialidade do poeta está presente. O tema gira em torno do assassinato de Agamémnon.

a) Na primeira peça, "Agamémnon", o rei de Micenas, ao voltar da guerra de Troia, é assassinado pela sua esposa Clitemnestra, tendo a cumplicidade de Égisto, que havia se tornado seu amante durante a ausência do rei.

b) Na segunda peça, "Coéforas", a mesma temática é abordada dez anos mais tarde. Seu filho Orestes, que crescera no exílio, retorna secretamente ao palácio do pai, é reconhecido por sua irmã Electra e, sob a proteção de Apolo, vinga a morte de seu pai, matando com as próprias mãos Égisto e sua mãe Clitemnestra.

c) A terceira peça, "As Eumênides", é a continuação direta da anterior. Nesta, Orestes é perseguido pelas Fúrias (Erínias) e consegue fugir de Delfos para Atenas com a proteção de Apolo. Lá é julgado no Áreo Pagos, presidido pela própria Atená e é inocentado. É também inocentado pelas Fúrias, que foram amansadas entrementes pela deusa. Tornam-se então protetoras da cidade com um novo nome: as Eumênides (as Serenas).

Nessas poucas peças de Ésquilo que sobreviveram, observa-se em seu pensamento um caráter cósmico: além disso, a grandeza titânica com que são abordadas as questões éticas e religiosas, hoje mais do que nunca, estremecem-nos quando são encenadas.

12. SÓFOCLES

Após Ésquilo, Atenas foi contemplada com mais um grande trágico: Sófocles. Ele nasceu em 496 a.C. e era filho de um rico ateniense. Foi educado pelo músico-didata Lambro, tendo atingido alto refinamento também na música. Dizemos "também" porque sua educação e formação brindaram-no com um caráter de graça e bondade, além de elevada ética e conduta moral. Para finalizar, era dotado de extraordinária beleza, realmente um eleito dos deuses, como diziam alguns. Basta mencionar que, entre milhares de belos efebos atenienses, foi ele o escolhido para comandar o coro dos vencedores, logo após a vitória helênica em Salamina, aos 16 anos de idade. Isto ocorreu em 480 a.C. Existe uma estátua sua no museu Laterano em Roma.

Era grande admirador de Ésquilo e muito cedo começou a interessar-se pela arte dramática, tendo a ela se dedicado pelo resto de sua vida. São referidas, num catálogo antigo, 18 vitórias de Sófocles nas Dionisíacas. Este mesmo biógrafo anônimo conta-nos que Sófocles nunca tirou um terceiro lugar.

Atribuem-se a ele 86 tragédias e 18 dramas satíricos sendo que, das tragédias, 40 referem-se ao ciclo Troiano e 6 ao Tebano. De Sófocles temos hoje somente sete tragédias completas (Ájax, Antígona, Édipo-Rei, Édipo em Colono, As Traquínias, Electra e Filoctetes) e um único drama satírico, O Sabugo.

Sófocles é, como Ésquilo, um iniciado e retira seus temas das epopeias míticas e ou heroicas. Baseia-se num episódio cuja textura é simples, para poder em contrapartida evidenciar, com extraordinária sutileza e profundidade, o caráter humano, além das questões supra-humanas da ética e da religião.

Passemos à descrição dos temas das tragédias que chegaram até nós, advertindo o leitor que estas notas nem de longe apanham o sentido e a grandeza de cada tragédia. É preciso lê-las atenta e repetidamente. Se possível, vê-las várias vezes. E por que não? Vê-las em Epidauro, na Grécia, num dos mais perfeitos teatros da antiguidade e de todos os tempos.

São estas as peças de Sófocles que sobreviveram até os nossos dias:

1 - Édipo Rei

2 - Édipo em Colono

3 - Antígona

4 - Electra

5 - As Traquínias

6 - Ájax

7 - Filoctetes

1 • Édipo Rei

Esta tragédia, que será detidamente analisada nesta obra, trata da maldição dos Labdácidas em não deixar descendentes. Édipo, por determinação de Apolo, cometerá o mais hediondo dos crimes: matará seu pai para desposar sua própria mãe, sem sabê-lo. É, portanto uma análise da inconsciência humana e de sua desesperada busca em superá-la. É ainda uma das mais extraordinárias reflexões sobre a culpa e o destino, que chegou até nós.

O drama de Édipo é a saga de um homem predestinado a cometer uma falta e a cumprir uma maldição, mas acima de tudo predestinado a tornar-se um herói e finalmente um imortal, como veremos em Édipo em Colono, justamente pela busca que resultará na reparação destas faltas.

2 • Édipo em Colono

Édipo, exilado e após longa peregrinação, encontra refúgio na Ática. Após vagar por muitos anos, está em paz com os deuses. É agora um grande iniciado que está prestes a morrer. Não é mais o amaldiçoado nem o execrado pelos homens; muito ao contrário, a terra onde morrer será abençoada. Seu túmulo equivalerá a um "santo sepulcro", sendo este disputado agora pelos tebanos. Édipo, no entanto, oferece a proteção de seu corpo sagrado a Teseu, rei de Atenas, "o mais justo dos homens".

A peça termina com sua imortalização e consequente subida ao Olimpo. Trata-se da mais longa peça que nos chegou de Sófocles e a de mais difícil compreensão, tanto pelo seu caráter mítico-religioso, como pelas questões éticas que levanta. Será também detidamente analisada nesta obra.

3 • Antígona

Sua filha Antígona, que acompanhara Édipo por toda a vida, é condenada à morte por não obedecer às ordens de seu tio Creonte, rei de Tebas, que proibira enterrar um de seus irmãos mortos, enquanto o outro tem funerais de herói. "A ordem natural cósmica não é escrita e é superior a todas as leis que os homens escreveram". Declara assim Antígona sua fé nas leis cósmicas (dos deuses) e no dever ético de não deixar um irmão insepulto. O drama é uma luta destas duas forças e culmina com a catástrofe do rei, que representa a lei dos homens, mas não necessariamente a justiça. É a terceira peça a ser detidamente analisada nesta obra.

4 • Electra

Ela aguarda o retorno de seu irmão Orestes, para que ele vingue a morte do pai pela mão assassina de sua mãe. Todo o drama desenrola-se nesta esperança, no desespero ante a falsa notícia de que seu irmão está morto e, finalmente, nos sentimentos que desperta a consumação de vingança, além das questões éticas.

5 • As Traquínias

Invencível herói morre através do presente que recebe de sua esposa. Este presente, que causou a sua morte, era justamente a esperança de sua esposa em despertar novamente o seu amor. Ao saber do ocorrido, ela suicida-se.

6 • Ájax

Um herói enlouquece e mata um rebanho inteiro, pensando serem inimigos. Ao recuperar a lucidez, suicida-se e seus companheiros enterram-no com grandes honras. "Os deuses, quando querem livrar-se de alguém, primeiro enlouquecem-no".

7 • Filoctetes

Um outro herói sofre terrivelmente com um ferimento incurável e seus companheiros de batalha abandonam-no num local ermo. Os deuses declaram que deverá retornar para seu exército, pois somente com suas flechas cairá Troia. A ironia é que seus mais odiados inimigos encontram-no e curam-no.

Em todos os dramas de Sófocles, evidencia-se a luta entre um destino implacável e a vontade do herói. Não se trata de vencer o destino, como muitos pensaram, em nome da liberdade e autodeterminação do "homem sem destino" (o ateu do século XXI). Trata-se da verdadeira liberdade, que consiste em desvendar e realizar o destino. Recordemos o antigo ditado: "O destino acalanta quem o segue e arrasta quem o nega". É que para os antigos não havia outro sentido para a vida e para a sua liberdade do que desvendar e realizar seu destino sugerido pelos deuses. Não é outro o significado do enigma da Esfinge, que se manifestava, direta ou metaforicamente, nas seguintes interrogações:

Quem és tu? De onde vieste e o que fazes aqui? Para onde vais?

• NOTAS DO CAPÍTULO I

(1) MISTAGOGIA: Formação voltada para o conhecimento dos deuses e para os "mistérios", consistindo de um período que ia dos 28 até no mínimo os 40 anos – estendendo-se com frequência até os 60. Seus alunos eram chamados de "mistés", estudando os mitos e seu significado oculto. Sabemos que Atenas, no seu auge tinha mais de um terço de seus cidadãos dedicando-se a estes estudos iniciáticos.

(2) PAIDEIA: Formação do homem grego, buscando torná-lo semelhante aos deuses no que concerne à ética, à honra e à coragem de ser verdadeiro. Iniciava-se aos 5-6 anos, estendendo-se até os 18 em sua primeira etapa. Daí deriva-se a palavra pedagogia: "paidos-agogos" que quer dizer condutor ou formador de jovens.

(3) DELFOS: Principal santuário de Apolo na antiguidade, famoso pelas predições proféticas vaticinadas pela sua maior sacerdotisa – a Pitonisa ou Pítia. Era venerado e procurado por todas as cidades-estado gregas: cidadãos e governantes.

(4) SÍMBOLOS: Tipo de vale assistencial de caráter demagógico, criado durante a democracia ateniense, que servia como entrada ao teatro para os que não podiam pagar e que resultou nos primeiros "currais eleitorais" da história.

(5) PSICAGOGIA: Educação da psique - literalmente. Tinha início por volta dos 13-14 anos, indo até os 25-28 anos, sendo considerada complementação obrigatória da Paideia. Buscava o conhecimento de si e do outro, sendo seu mais famoso representante Sócrates, que imortalizou a máxima délfica: Conhece-te a ti mesmo, depois ao outro e então o mundo e, quem sabe então, te tornarás um "homem semelhante aos deuses" (anthropos).

(6) PAIDAGOGIA: A utilização da Paideia pelo "agogos" - mestre de jovens, literalmente condutor. Eram três as etapas para a educação do cidadão:

1) Paideia; sua aplicação era a paidagogia e o mestre era o paidagogo.Dos cinco aos 18 anos aproximadamente.

2) Psiqueia; sua aplicação era a psicagogia e o mestre era o psicagogo. Dos 13 aos 28 anos aproximadamente.

3) Misteia; sua aplicação era a Mistagogia e o mestre era o mistagogo. Dos 28 aos 40-60 anos aproximadamente, sendo esta última a única não obrigatória para os cidadãos. Note-se finalmente que todas as três etapas eram consideradas como partes da Paideia geral e não apenas da inicial que ia dos cinco aos 18 anos.

(7) ENTUSIASMO: Significava um estado de alma da mais alta importância para os rituais dionisíacos e para a educação em geral. Do grego: "en- theos - asmos", literalmente o estado de alma em que deus entra em mim através do êxtase e da alegria.

(8) TÉSPIS: Quase nada restou da obra deste grande trágico anterior a Ésquilo, embora restem citações à sua obra pelos autores antigos, bem como títulos de suas obras que eram em grande número, ao que consta.

(9) PROTAGONISTA: Havia somente três personagens principais conforme descrito. O que é revelador é sua etimologia: proto-agonistis - literalmente "primeiro sofredor", (daí agonia em português), o que nos mostra mais ainda o sacrifício a que o ator deveria se submeter, abrindo mão de si para se transformar num outro, em ato de terrível provação: abrir mão de seu eu verdadeiro.

(10) MÁSCARAS: Do grego "prosopíon" - literalmente, na frente ou escondendo o rosto. Note-se que em latim derivou a palavra "persona", que tinha exatamente o mesmo significado. Também daí derivou-se a palavra "personalidade", que não deixa de revelar a educação ocidental judaico-cristã, baseada na arte de esconder sua real identidade e sentimentos, em nome das "boas maneiras" ou dos papéis - sociais e ou psicológicos.

(11) PLATEIA: Originalmente designava a clareira existente debaixo de uma árvore sombreira, comum na Grécia antiga, de nome Plátano e que era "a sala de aula", onde os jovens eram educados. Também aí tiveram início as primeiras representações.

(12) MISTÉRIOS DE ELÊUSIS: Uma das mais importantes escolas de iniciação da antiguidade, ao lado dos mistérios Órfico-pitagóricos e dos mistérios da Samotrácia. Sua procissão anual reunia mais de 100.000 cidadãos, que faziam o percurso Elêusis – Atenas, de 22 km, em jejum.

CAPÍTULO II

"A MISTAGOGIA DE ÉDIPO-REI", DE SÓFOCLES

Ficou conhecida sob o cognome "Rei", para diferenciá-la da segunda peça da trilogia "Édipo em Colono". Foi "didatizada" pela primeira vez em 429-428 a.C., tendo o próprio Sófocles como protagonista. Mesmo sendo uma das mais extraordinárias reflexões da condição humana, não venceu o concurso, ficando em segundo lugar. O vencedor foi um certo Foloclis, cuja obra não sobreviveu. Antecedentes e questões fundamentais da peça:

Laio, filho de Lábdaco, nutrira em sua juventude uma paixão enorme por Crísipo e raptou-o, sendo amaldiçoado pelo seu pai Pélops. Não sabemos até que ponto este mito reedita o costume cretense de raptar o jovem, para iniciá-lo sexualmente. O rapto e a iniciação eram praticados por alguém do mesmo sexo, com ou sem a anuência velada dos pais do raptado. Na verdade, ocorria com mais frequência com a anuência dos pais, que costumavam deixar uma janela da casa aberta, para facilitar a entrada do raptor. Pélops desejou em sua maldição que Laio morresse sem deixar descendentes (1). Mais tarde, este se casou com Jocasta, irmã de Creonte, e tornou-se rei de Tebas. O oráculo de Delfos anunciou numa ocasião que, se tivesse filhos e nascesse um homem, este o mataria.

Realmente, tiveram um menino e, para se livrarem da maldição do oráculo, mandou Laio que Jocasta entregasse a criança a um pastor que, furando seus pés e amarrando-os, deveria abandoná-lo no monte Cíteron, para que lá morresse. Este pastor, cheio de piedade, no entanto, entregou a criança a um companheiro, que costumava apascentar os rebanhos de Pôlibo, rei de Corinto, nas pastagens do vale do Cíteron. A criança foi então levada a seu senhor Pôlibo e sua mulher Mérope, que chamaram a criança de Édipo (pés inchados) e criaram-no como se fosse seu filho, pois o destino ainda não lhes tinha dado um.

Já maior de idade, um dia Édipo foi chamado de bastardo por um habitante de Corinto, embriagado. Assombrado com a revelação dirigiu-se ao oráculo de Delfos para consultá-lo. Este, no entanto, nada lhe disse a respeito de sua origem, mas revelou-lhe que um dia mataria seu pai e se casaria com a própria mãe. Supondo então que Pôlibo e Mérope eram seus pais verdadeiros, decidiu não mais retornar a Corinto, para evitar a consecução de tão hediondo crime.

Naquela época, os habitantes de Tebas estavam aterrorizados com a Esfinge, pois ela devorava os tebanos, incapazes de decifrar os enigmas propostos por ela. Diziam que a cidade toda estava correndo perigo.

Este é o primeiro ponto fundamental da peça. Por que a Esfinge devora quem não a decifra? Esfinge é "Sfinx" em grego e significa "aquela que aperta e sufoca", literalmente. Representa, desde a mais remota antiguidade, o aperto do peito que sentimos quando a angústia nos invade. É aquilo que nos sufoca quando não vai bem a nossa vida. Para os antigos, o devorar da Esfinge era o devorar da angústia, que acaba por matar, e a maior de todas as angústias era não saber de si, exatamente como ocorre com Édipo.

A Esfinge devorava quem não respondia suas famosas interrogações, já citadas. Mas aqui Sófocles apresenta-nos outras interrogações, que foram apresentadas a Édipo, e cuja resposta é o próprio homem.

Sim, Édipo mata a Esfinge. Ou pensa que a matou? Eis a charada que Sófocles nos apresenta. O conhecimento ilude-nos; pensamos que com ele dominamos a angústia, mas somente a sabedoria pode fazê-lo. O primeiro dá-nos respostas meramente materiais, enquanto a segunda faz-nos atingir a espiritualidade.

Por isso, Sófocles modifica a pergunta da Esfinge, de modo a permitir uma resposta que o simples conhecimento fornece. As reais questões (Quem és tu etc...) Édipo e os tebanos não poderiam responder, porque não buscavam a espiritualidade. Assim pensavam que se livravam da desgraça ao matarem a Esfinge, mas não, a Esfinge não está morta, porque não sabem de seu destino (Para onde vais?), e muitas desgraças piores aguardam-lhes.

O segundo ponto fundamental é o encontro de Édipo com Laio, seu pai desconhecido. Em sua fuga, Édipo passava por uma estrada, quando em uma encruzilhada de três caminhos, avistou um carro no qual vinha um homem seguido por seus criados. Este lhe ordenou com insolência que deixasse o caminho livre, para seus cavalos passarem e um dos criados empurrou Édipo, que reagiu matando a todos, menos um criado que fugiu.

Naturalmente, a menção de uma encruzilhada de <u>três</u> caminhos não é casual e faz referência ao valor sagrado do número três. São inúmeras as composições ternárias com a simbologia iniciática que encontramos, desde a mais arcaica tradição mítica, até a recente tradição cristã, como por exemplo, a Santíssima Trindade. O três ou o triângulo é o número do espírito por excelência e é a superação do quatro ou do quadrado, que é o número da matéria (água, terra, ar, fogo são os elementos que a compõem). Três é o número da transcendência, portanto, e significa as três Cárites: a nobreza, a beleza e a bondade.

E esta será a história de Édipo, como veremos. A história do bode expiatório, que supera e transcende o mundo material, após cair em suas malhas e desgraças.

Ao chegar a Tebas, Édipo será coroado rei e casar-se-á com a viúva Jocasta, que é sua mãe. Mas ambos não o sabem? Este é o prêmio por ter afugentado a Esfinge de Tebas. Realizaram-se assim as duas predições do oráculo: matou seu pai e casou-se com sua mãe, porque não quis saber, não buscou a verdadeira sabedoria.

Tiveram quatro filhos: dois homens (Polinices e Etéocles) e duas mulheres (Antígona e Ismene).

Passaram-se anos, até que os deuses fizeram tombar sobre Tebas uma peste, que dizimou seus habitantes. Para saber as razões divinas da desgraça, enviou Édipo seu cunhado Creonte a Delfos, para consultar o oráculo e saber o que fazer para dela livrar-se.

É neste ponto que a peça se inicia, pois a cena inicial traz-nos Creonte declarando o vaticínio do oráculo: "Deve ser expiado o crime de Laio, que pesa sobre a cidade; o assassino terá de ser encontrado e castigado".

E aqui adentramos na terceira questão fundamental da peça.

É o próprio Édipo que quer descobrir a verdade, não importando o custo e as consequências. Despontando como aquele que se prepara para a verdadeira iniciação, busca a verdade e somente a verdade sobre a questão da Esfinge, que ele nunca respondeu: Quem és tu? O sentido é claro: o homem só pode ser construído alicerçado na verdade sobre si mesmo. O resto, qual; o resto não são homens, são fantoches. E mais: a verdade dói e é árdua a conquista. Aqui Édipo mostra-nos o caminho do herói e da transcendência.

A peça termina com a apresentação da quarta questão fundamental. Sabendo da verdade, Édipo cega-se e exila-se (o exílio será o tema principal da peça "Édipo em Colono"). O ato de cegar-se abre uma dupla perspectiva.

A primeira, mais óbvia, representa o castigo por utilizar os olhos erradamente. Os olhos são a razão, o intelecto racional, que fracassou em dar-lhe as respostas sobre quem ele era. Aliás, com vários ardis "racionais", tentou escapar dos vaticínios délficos desafiando os deuses. Assim, o cegar-se é um ato que declara inútil o poder da razão pura e fria (o calculista, diríamos hoje), para decifrar a Esfinge. Ao responder-lhe, Édipo dominou apenas o número quatro - o quadrado da matéria - mas não se elevou para o triângulo sagrado da transcendência.

E assim abre-se o segundo aspecto do cegar-se: cegou-se porque os olhos agora serão inúteis para o caminho que deverá seguir.

E realmente os olhos agora serão inúteis para o caminho iniciático, como a razão também. É necessária agora a chama da iluminação de Apolo, que se adquire com o que os orientais chamam hoje de uma "terceira visão". Os olhos não são apenas inúteis para a iniciação; eles atrapalham e impedem a transcendência. É Hermes quem nos recorda: "O caminho do herói vai do visível para o invisível".

1. ANÁLISE DOS VERSOS (2)

A época da ação é a idade heroica da Grécia. Não é possível precisar datação alguma. O que é certo é que este mito tebano era largamente conhecido na Grécia desde tempos muito remotos. Quando Sófocles apresentou-o, trouxe a Atenas mais uma de suas inúmeras versões já conhecidas. (3)

Personagens:

Édipo - rei de Tebas; **Jocasta** - esposa de Édipo;
Creonte - irmão de Jocasta; **Tirésias** - velho adivinho;
Sacerdote; Pastor; Mensageiro; Criado; Corifeu;
Coro de anciãos tebanos; Menino guia de Tirésias;
Suplicantes; criados e criadas.

A peça inicia-se com os suplicantes indo pedir a Édipo que salve Tebas da desgraça que os está dizimando. Ele tem o "conhecimento" que dominou a Esfinge (v. 45)

> **Suplicantes:** "Outrora libertaste a terra do rei Cadmo do bárbaro
> Tributo que nos era imposto pela cruel cantora..."

Supõem os tebanos que Édipo poderá novamente salvá-los da cruel cantora (a Esfinge), que devorava quem não decifrava seus enigmas (seus cantos). (v. 55)

> **Suplicantes:** "Busca, descobre, indica-nos a salvação, seja por
> Meio de mensagem de algum deus, seja mediante a
> Ajuda de um simples mortal...
> ... Vamos, mortal melhor que todos..."

Na verdade, de nada adiantou afastar a Esfinge, pois não conhece a verdade. Não é um sábio, não ouve os oráculos, ao contrário, foge deles. Édipo tenta fugir de seu destino, por isto a maldição está viva, por isto a Esfinge não morreu.

Logo adiante, Sófocles prepara o espectador para o desenlace futuro (v. 65).

Suplicantes: "Jamais pensemos nós que sob o reino teu fomos
Primeiro salvos e depois perdidos!"
Aqui está o engodo do falso sábio! Ele não resiste ao tempo e nem às provas. E mais: ele não sabe de si, como saberá então dos outros?

Logo a seguir chega Creonte, que fora consultar o oráculo de Apolo em Delfos, sobre o que fazer para livrar Tebas da maldição. (v. 120)

Creonte: "Revelarei... Apolo ordena-nos com total clareza
Que libertemos Tebas de uma execração oculta agora
Em seu benevolente seio, antes que seja tarde
Para erradicá-la".

A maldição de Tebas é o próprio Édipo que não sabe de si. Este é o primeiro dos grandes paradoxos da peça: a grande desgraça é não saber de si. E Creonte justifica ainda a ignorância dos tebanos sobre o assassino de Laio. (v. 160)

Creonte: "A Esfinge, entoando sempre trágicos enigmas,
Não nos deixou pensar em fatos indistintos;
Outros, patentes, esmagavam-nos então."

Eis a chave de ignorância dos tebanos. O afã de resolver os problemas imediatos tornou-os cegos para os "fatos indistintos", quer dizer, não evidentes então. Assim, o homem mais "prático" prepara o caminho da ignorância.

Passa então o coro a descrever a desgraça de Tebas (vs. 190 a 250). E nesta passagem, vemos uma imagem da Pitonisa, que Sófocles intencionalmente opõe à imagem da Esfinge ("cruel cantora"), chamando a Pítia de (v. 195) "filha da esperança áurea, voz imortal" (4).

É enorme a ironia de Sófocles aqui. É justamente desta voz que Édipo passou a vida fugindo. E por isto a Esfinge devora-o constantemente, assim como os tebanos também. A desgraça que se prenuncia torna a qualificação "esperança áurea" digna de pena, pois é Apolo que vaticina a desgraça de Édipo e de Tebas. A descrição que se segue, pelo coro da desgraça de Tebas, só faz aumentar esse sentimento (vs. 190 a 250).

Édipo inicia então sua busca da verdade a qualquer custo, que será a tônica da peça até o final. (v.260)

Édipo: "Hei de seguir, inda que só, o rumo certo..."

Só que se trata de uma meia verdade. Édipo não suspeita que a verdade que busca redundará na própria desgraça, pois acha que, com suas manobras, driblou os vaticínios do oráculo, ou seja, enganou a luz - Apolo - que é a verdade.

O tema não é novo, mas é sutilmente abordado. Trata-se do homem, com sua pretensa razão e inteligência, "enganando" o destino, melhor ainda, enganando os deuses. E Sófocles coloca na boca de Édipo estas palavras: (v. 290)

Édipo: "E se ele convive comigo sem que eu saiba,
Invoco para mim também os mesmos males
Que minhas maldições acabam de atrair
Inapelavelmente para o celerado!"(!)

Ora, o termo é correto: somente os celerados podem ousar desafiar os deuses e o destino. Está em jogo desde já um saber maior e não há perdão nem justificativa para a inconsciência ou inconsequência, tanto faz; quer dizer, pensar que "sabe" lidar e livrar-se da Esfinge. Aliás, Sófocles parecia gostar destes recursos ao inconsciente. No v. 315:

Édipo: "...Hei de lutar por ele como por meu pai..." (sic)

Prepara a seguir a entrada de Tirésias: é o sacerdote de Apolo este adivinho. Tebas e Édipo terão de ouvi-lo, mas é tarde para buscar a luz agora. Ela sempre existiu, mas não quiseram vê-la e logo ficará evidente que Tirésias sempre soube quem era Édipo. Mas a ninguém interessava consultá-lo, enquanto tudo estivesse bem.

É paradigmático que o sacerdote de Apolo, Tirésias, seja cego. E o Corifeu, vendo-o aproximar-se, reforça: (v. 355)

Corifeu: "...Único entre os homens
Que traz em sua mente a lúcida verdade."

Assim, Sófocles mostra-nos que Édipo não é o verdadeiro lúcido: portanto, é uma ilusão ter vencido a Esfinge. E a fala de Tirésias reforça este fato: (v. 395)

Tirésias: "Pois todos vós sois insensatos. Quanto a mim
Não me disponho a exacerbar meus próprios males:
Para ser claro, não quero falar dos teus."

E mais adiante, no v. 405, respondendo à cólera de Édipo, ao ouvir as acusações de Tirésias:

Tirésias: "Não vês aquilo a que estás preso e me censuras?"

Tirésias chegou irado ao chamado de Édipo, porque a verdade foi escondida há muito tempo e mais: ninguém se importou com a verdade, enquanto a barriga estava cheia, só ele. E prossegue ante a acusação pueril de Édipo, que trai uma visão meramente racional. (v. 415)

Édipo: "...Em minha opinião articulaste o crime..."
E respondendo-lhe como iniciado: (v. 420)

Tirésias: "...Não mais dirijas a palavra a esta gente
Nem a mim mesmo, pois és um maldito aqui!"

Pois ele poluía a cidade com sua incapacidade de ver, ao fugir do destino. E Sófocles mostra-nos, através de Tirésias, o que é a verdadeira liberdade: (v. 425)

Tirésias: "Sou livre, trago em mim a impávida verdade!"

E revela-se, sem mais rodeios, nos vs. 435-440, desnudando Édipo como incestuoso e parricida. Este no entanto permanece incrédulo e, com sua arrogância, vemos Sófocles armar em sua fala mais uma ironia no v. 450:

Édipo: "Tua existência é uma noite interminável.
Jamais conseguirás fazer-me mal, Tirésias,
Nem aos demais que podem contemplar a luz "(sic)

Ou seja, é total a cegueira de Édipo e de Tebas, que entregaram o trono a um homem que os livrou da fome, sem perguntar quem ele era e de onde viera?

A resposta é certeira:

Tirésias: "Cuida Apolo de conduzir-te ao fim,
E os deuses tudo podem"

E no v. 455, acrescenta:

Tirésias: "...Tu mesmo os chamas (seus males) sobre ti e mais ninguém."

Evidencia-se aqui a responsabilidade de Édipo sobre seu destino.

Neste ponto, Sófocles arma uma perseguição paranoica a Édipo. Conclui ele que Tirésias e Creonte tramam aniquilá-lo e apoderar-se do trono. Não fosse a seriedade com que segue o discurso, pensaríamos que estamos diante de uma comédia. (vs. 465 a 485)

Édipo: "...Por trás de mim (Creonte) anseia por aniquilar-me,
Levado por um feiticeiro, charlatão, conspirador
Que só tem olhos para o ouro...
... Pois eu cheguei, sem nada conhecer (!),
Eu, Édipo, e impus silêncio à Esfinge..." (...)

A Tirésias, diz:

Édipo: "... O dom profético te credenciara,
Mas não o possuías, como todos viram..." (sic)

A resposta de Tirésias vem de imediato, retomando mais uma vez a temática da cegueira versus a luz de Apolo. Sófocles tem claras intenções: pretende que o espectador enfrente a limitação do olhar. Mais ainda, desnuda quão vã é a lógica fundada em "argumentos racionais". É paranóia, isto sim.

Nos vs. 495 a 515, Tirésias responde:

Tirésias: "Não me considero teu servidor,
Mas de Loxias (Apolo) deus-profeta.
...Minha cegueira provocou injúrias tuas...
...Os olhos teus são bons e todavia...
Não vês os males todos que te envolvem"...

E retoma o enigma da Esfinge:

Tirésias: "Sabes de quem nasceste? ...agora que tudo vês,
Mas brevemente enxergarás somente sombras!"

E aqui vemos para que serve o olhar do não iniciado (não iluminado por Apolo). Serve para enxergar sombras - numa clara alusão ao Hades, que é o mundo das sombras, do não-ser, da ignorância, pois no Hades permanecem os que não sabem de si, aqueles que só retornarão através da metempsicose quando enfrentarem a Esfinge de frente. E finaliza Tirésias, desafiando a arrogância de Édipo:

Tirésias: "...Ignoras muitas desventuras
Que te reduzirão a justas proporções..."

Mais adiante, Sófocles com sarcasmo lança o ataque de Tirésias a Édipo: (v. 530)

Tirésias: "Não és tão hábil para decifrar enigmas?
Dessa ventura te há de vir a perdição."

Evidencia-se aqui que Édipo venceu a falsa Esfinge, pois pensa que salvou a cidade e a si próprio, fugindo de seu destino. Na verdade, salvou a cidade da fome e do desconforto material, mas não iluminou seus habitantes. Além disso, não enfrentou o seu enigma, que é aterrador: Édipo nasceu e não deveria ter nascido. Os deuses fizeram com que nascesse, mas os homens (seus pais) não quiseram seu nascimento. Abre aqui Sófocles, o mais árduo dos enigmas humanos: Por que nasci? E pior ainda: Se não me queriam, por que nasci?

Ah, esta culpa de existir... De tudo fará para justificá-la, para tornar sua existência aceitável, tolerável aos olhos dos homens, mesmo que isto custe desobedecer aos deuses e despertar sua ira. Ilude-se Édipo quando declara:

> **Édipo:** "Mas eu salvei esta cidade: é quanto basta!" (!)

E bastaria salvar uma cidade para comprar dos homens o direito de existir? Não, nem assim. O diálogo entre Tirésias e Édipo encerra-se com um violento desnudar. (vs. 545 a 555)

> **Tirésias:** "...Ele, que agora vê demais, ficará cego..."

A alusão à paranóia é óbvia: ver demais é a mesma coisa que não ver. E retira-se, declarando-o mais uma vez parricida e incestuoso.

Após a reflexão do coro sobre a condição humana (v.560 a 605), inicia-se o embate entre Creonte e Édipo, no qual este o acusa de tentar usurpar-lhe o trono. O tema da cegueira é retomado através de Creonte: (v. 645)

> **Coro:** "Se crês que a intransigência cega é um bem,
> Enganas-te."

E logo a seguir pede-lhe que busque a verdadeira luz - a verdade sobre o que se passa. (vs. 705 a 715)

> **Coro:** "Queres a prova? Sem demora vai a Delfos
> E informa-te se relatei fielmente o oráculo...
> ...Não me acuses com base em vagas,
> Pálidas suspeitas sem me ouvir."

Segue-se uma reflexão sobre a temporalidade e a justiça:

> **Coro:** "...Só com o tempo se revela o homem justo;
> Mas basta um dia para descobrir o pérfido."

Sófocles procura aqui delinear a eterna questão da justiça dos poderosos, e mostra-nos que o poder é a fonte da cegueira. É Creonte que aponta o caráter tortuoso de Édipo, ao acusá-lo: (v. 730)

Creonte: "A retidão faz falta em tuas decisões."

A resposta de Édipo é ambígua e ingênua, ao mesmo tempo em que o revela mais ainda:

Édipo: "Quando se trata de meus interesses, não."

A seguir, entra Jocasta em cena, tentando apaziguá-los (vs. 745 a 870), mas seus argumentos "convenientes" acabam por despertar em Édipo a suspeita de que Tirésias dissera a verdade. Jocasta representa o "espírito prático" e conveniente. Procura convencer Édipo de que Apolo não realiza suas predições. Naturalmente, Jocasta representa o materialismo dos tebanos, mas Sófocles dirige suas baterias aos atenienses, que se julgavam nessa época "o centro do mundo" e não cabiam em si de arrogância e prepotência.

Conta-lhes Jocasta como fizeram, ela e Laio, para livrarem-se do incômodo vaticínio de Apolo, caso tivessem um filho homem. (vs. 865 a 870)

Jocasta: "...Apolo não realizou as predições: o filho único de Laio
Não se tornou o matador do próprio pai...
Falharam os oráculos; (...) o próprio deus
Evidencia seus desígnios quando quer,
Sem recorrer a intérpretes, somente ele."

Aqui, Sófocles mostra-nos como a intencionalidade contida num discurso consciente, acaba por revelar a intencionalidade de um discurso inconsciente, diametralmente oposto, que deveria ser encoberto, mas - estranha ironia - é justamente revelado pela intenção de acobertá-lo.

A reação de Édipo é imediata: (v. 870)

Édipo: "Minha alma encheu-se de temores e a aflição
Subiu-me à mente ouvindo-te falar, senhora..."

E, no v. 885, o sobressalto toma conta dele:

Édipo: "Não me interrogues. Antes quero que respondas:
Como era Laio e quantos anos tinha então?"

E Jocasta responde preparando o desnudar do verdadeiro enigma da Esfinge. (v. 885)

Jocasta: "Ele era alto, seus cabelos começavam
A pratear-se, Laio tinha traços teus" (!)

O desespero toma conta de Édipo, que então exclama: (v. 890)

Édipo: "Ai! Infeliz de mim! Começo a convencer-me
De que lancei contra mim mesmo, sem saber,
As maldições terríveis pronunciadas hoje!"

E aqui é retomada a questão do conhecimento (saber) por Sófocles. O homem, para ter o direito de existir, não poderá dar-se ao luxo de não saber. Ele está condenado ao saber - está perdida sua inocência original, desde que a Dyke (5) retirou-se para o céu e abandonou os homens à sua própria sorte.

A única possibilidade do homem é o saber, mas não o saber racional, pois este cega; seu caminho é o saber iluminado de Apolo.

E o enigma da Esfinge inaugura justamente este saber de Apolo, ao exigir que o primeiro passo deste caminho para a sabedoria seja o desvendar do próprio mistério, respondendo à pergunta: Quem és tu? Édipo ousou não saber; Édipo tentou evitar esta resposta e é, neste ponto de sua evolução, o paradigma do homem que tenta viver sem saber de si, de seu destino.

Édipo tenta construir o seu destino ludibriando os deuses, utiliza de sua liberdade para desencontrar-se, para ser o que ele quer ser e não para ser quem ele foi destinado a ser.

E declara, perplexo: (v. 890)

Édipo: "É horrível! Temo que Tirésias,
Mesmo cego, tenha enxergado..."

Agora Édipo quer saber. Quer vencer sua ignorância a todo o custo e parte a investigar quem é realmente. Tem início o que Sócrates chamaria de "o começo do parir do espírito". Pede então que se chame aquele criado, que fora o único que vira a morte de Laio e escapara com vida da fúria do assassino. Jocasta comenta inocentemente o seu paradeiro: (v. 905)

Jocasta: "Ao voltar, vendo-te no lugar de Laio,
Tomou-me as mãos e suplicou-me
Que o mandasse aos campos..."

Assim, os dois únicos tebanos que sabem a verdade - Tirésias e o criado - exilaram-se voluntariamente, pois a cidade não queria saber. Édipo, no entanto, recorda-se que matara alguém, juntamente com sua criadagem a caminho de Tebas, antes de enfrentar a Esfinge e tornar-se rei. Sem saber, descreve o assassinato de seu pai por suas mãos. Volta a mencionar a encruzilhada tríplice, símbolo do caminho dos iniciados.

E Sófocles, através do coro, coloca-nos diante de uma reflexão sobre o divino e o humano. (vs. 1030 a 1080)

> **Coro:** "Somente o céu gerou as santas leis: não poderia a condição dos
> Homens, simples mortais, falíveis, produzi-las"

Após esta evocação das leis divinas, ataca os poderosos:

> **Coro:** "O orgulho é o alimento do tirano...
> Mas o homem que nos atos e palavras
> Se deixa dominar pelo vão orgulho
> Sem recear a obra da justiça
> E não cultua propriamente os deuses
> Está fadado a doloroso fim,
> Vítima da arrogância, criminosa
> Que induziu a desmedidos ganhos..."

O ataque à arrogância de Édipo evidencia seu drama: ele não sabe cultuar. E prossegue, dizendo que não mais irá a Delfos nem a Olímpia.

> **Coro:** "...E se essas predições
> Não forem confirmadas, pelos fatos,
> De tal forma que se possa citá-las
> Como um exemplo para os homens todos."

Vemos o caráter exemplar do mito, preparando o tema do bode expiatório: através da desgraça de Édipo, os homens aprenderão. Vemos então porque Tebas e seus habitantes são castigados: (v. 1080)

> **Coro:** "Apolo agora não é adorado
> Com o esplendor antigo em parte alguma;
> A reverência aos deuses já se extingue."

É o homem tomando o lugar dos deuses - ele e sua razão bastam para governar-se e governar os outros. E para reforçar esta prepotência do homem, entra em cena Jocasta, para realizar uma oferenda a Apolo frente a todos os cidadãos ilustres. Ela, que ousara tentar ludibriar seus vaticínios, mostra-nos com toda a transparência a hipocrisia humana, ao utilizar a religião e a fé como "ato social", melhor ainda "solenidade", que acoberta as torpes intenções de quem se declara praticante. Termina Sófocles por desnudar ainda mais o covarde caráter humano, quando Jocasta declara em meio à oferenda: (v. 1095)

Jocasta: "Todos (por que negar?) sentimos medo hoje..."

E naturalmente são inúteis as oferendas agora. Os fatos começam a precipitar-se com a chegada de um mensageiro de Corinto, anunciando a morte de Pôlibo, suposto pai de Édipo. (vs. 1100 a 1140)

Édipo: "Por que, mulher, devemos dar tanta atenção
Ao fogo divinal da profetisa pítica
Ou, mais ainda, aos pios das etéreas aves?"

Julga-se então livre da maldição:

Édipo: "Segundo antigas predições eu deveria
Matar meu próprio pai; agora ele repousa
Debaixo da pesada terra e quanto a mim
Não pus as mãos ultimamente em qualquer arma."

Julga ainda, com ironia, que sua prolongada ausência causou a morte de seu pai, numa evidente tentativa de ridicularizar o oráculo, fazendo com que seu vaticínio cumpra-se de qualquer jeito.

Jocasta não perde tempo em acomodar a situação, como esposa ansiosa em recuperar a "paz do lar", não importa com que mentira ou estratagema:

Jocasta: "Há quanto tempo venho usando essas palavras?..."

Com o que Édipo concorda, e ainda pede conselhos à "sábia" Jocasta (v. 1160)

Édipo: "Não deveria amedrontar-me a perspectiva
De partilhar o tálamo de minha mãe?"

Não hesita esta em aconselhá-lo com uma das passagens que será, dois e meio milênios mais tarde, exaustivamente explorada por Freud e os seguidores da psicanálise:

Jocasta: "Não deve amedrontar-te, então, o pensamento
Dessa união com tua mãe; muitos mortais
Em sonhos já subiram ao leito materno.
Vive melhor quem não se prende a tais receios."

É contundente a observação de Sófocles sobre a natureza do desejo incestuoso: o homem que não conhece pode desejar até sua mãe. Aliás é porque conhece que pode livrar-se do desejo. Este é o fundamento da civilização. Não há como negar a oportunidade das observações de Freud a este respeito, mas daí a considerar o incesto como a questão central de "Édipo Rei" constitui-se num evidente exagero, além de desperdiçar toda a riqueza e profundidade de seus temas centrais, que são a busca desesperada do direito de existir (ah, esta eterna rejeição por parte de quem amamos...), e o mais importante: o homem não tem saída, seu único caminho possível é desvendar seu próprio mistério. Parir seu espírito, dizia Sócrates; iniciar-se, diziam os antigos. Segue-se o diálogo entre Édipo e o mensageiro no qual este, ao tentar desfazer o temor parricida de Édipo, acaba por torná-lo mais factível. (vs. 1200 a 1205)

Mensageiro: "Pois ouve bem: não é de Pôlibo o teu sangue!"

E prossegue em suas revelações fatais:

Mensageiro: "O rei te recebeu, senhor, recém-nascido
- Escuta bem - de minhas mãos como um presente...
Achei-te lá no Cíteron, num vale escuro...
Lembro-me bem de teu estado deplorável;
Teus tornozelos inda testemunham isso...
Teu próprio nome te relembra esse infortúnio.

(Édipo tem este nome por causa deste fato: Oidi-pous = inchados pés)

Revela-lhe ainda, que fora um pastor de Laio que o trouxera (vs. 1230 a 1235). Édipo pede imediatamente para ver este pastor, introduzindo-nos a segunda parte da peça: agora deseja saber a verdade a qualquer custo ou consequência. Saiu portanto da inconsciência total (da caverna da escuridão, diria Sócrates) e principia agora seu árduo caminho em direção à luz. Ironicamente, este caminho luminoso passa pelo cegar-se, pois dispensa os olhos - o concreto e o racional. Este caminho exige que se aprenda a ver o invisível, como Tirésias pode fazê-lo e por isso satiriza Édipo, que enxerga tão bem mas é cego para a luz de Apolo.

Nesta segunda parte, estamos presenciando a dor do primeiro momento de toda inciação. Jocasta, este símbolo da acomodação e da praticidade à custa da mentira, procura a todo custo evitar a verdade: (vs. 1245 a 1250)

Jocasta: "A quem aludes? Como? Não penses mais nisto!...
Afasta da memória essas palavras fúteis...
Peço-te pelos deuses! Se inda te interessas por tua
Vida, livra-te dessas ideias!"

A resposta que Sófocles põe na boca de Édipo é fatal. Este é o Édipo que cria a coragem necessária para enfrentar o verdadeiro mistério da Esfinge: Quem és tu? De onde vieste? Para onde vais? Sófocles vai mais longe, estapeando a orgulhosa Atenas e o homem hipócrita, através da fala de Jocasta: (vs. 1260 a 1265)

Jocasta: "Move-me apenas, Édipo, teu interesse e dou-te
O mais conveniente dos conselhos!
Ah! Infeliz! Nunca saibas que és!"

Eis o homem que não quer sair da caverna; eis porque a Esfinge não morreu, ao contrário, continua exercendo sua implacável função de apertar o peito e a garganta, até matar de angústia quem não responde com a verdade. Sófocles ataca o orgulho arrogante dos atenienses quanto a seus antepassados, através de Édipo: (vs. 1265 a 1270)

Édipo: "Não vos preocupeis com a senhora; orgulha-se
De seus antepassados nobres e opulentos."

Pois sim! De nada adiantaram esses antepassados; eles não constroem herói algum. Somente a busca implacável da verdade pode fazê-lo. Os antepassados não são garantia de excelência alguma; somente o homem verdadeiro (o herói) pode construir sua excelência (aretê) (6). E Jocasta deixa o palco precipitadamente, sabendo que para ela não havia mais salvação. Entra em cena a seguir o pastor que salvara Édipo. Procura manter silêncio a todo custo, como Tirésias o fizera: (v. 1345)

Édipo: "Queres a tua perdição? Não calarás?"

Exclama, dirigindo-se ao mensageiro, que o instiga a falar.

Pastor: "Esse homem (o mensageiro) fala sem saber;
Perde seu tempo."

Mas a insistência ameaçadora de Édipo acaba fazendo-o confessar : (vs. 1365 a 1385)

Pastor: "Ele nascera... no palácio do rei Laio!
Seria filho dele, mas tua mulher, que deve estar
Lá dentro, sabe muito bem a origem da criança
E pode esclarecer-nos
Sim, meu senhor foi Jocasta,
(a portadora da criança) com as próprias mãos."

Eis a natureza execrável de Jocasta, revelada em toda a sua nudez. Aquela que não hesitou em mandar matar seu filho, não hesitou também em deitar-se com ele e gerar outros filhos. Porque ela não quis conhecer o mistério da Esfinge; ao contrário, de tudo fez para evitar sua revelação. Ao contrário de Édipo, Jocasta recusa a luz do princípio ao fim, e por isto seu castigo pelos deuses é implacável, enquanto que Édipo sobreviverá para ser um iluminado, como veremos em "Édipo em Colono". Jocasta sempre soube que desposara o próprio filho e tudo fez para ocultá-lo.

Quando Édipo pergunta ao pastor porque Jocasta teria agido assim, a verdade acaba de ser desnudada: (vs. 13800 a 1385)

Pastor: "Tinha receios de uns oráculos funestos.
Diziam que o menino mataria o pai."

Ela, que de tudo fizera para desacreditar os oráculos! Ela que assim tentara convencer Édipo! Jocasta mentira o tempo todo para si e para todos e, não suportando a verdade, preferiu a morte. Este é o destino dos não iniciados; quando se deparam com a luz, aqueles que sempre viveram na escuridão da mentira morrem, porque não podem suportar a força desta chama.

E finaliza o pastor, nos mesmos versos:

Pastor: "Se és quem ele diz, julgo-te o mais infortunado dos
Mortais!"

E eis o árduo tema de nascer sendo indesejado; eis que a desesperada busca pelo direito de existir e o desejo de ser amado foram tão intensos, que cegaram Édipo e fizeram – a ironia do destino – com que se unisse à própria mãe, matando o pai. Ah! A loucura de amar! O que não faz o homem indesejado para ser amado. Com que afã procura uma justificativa perante os homens para existir. Com que humilhações pede-lhes este direito (através do desejo de ser amado), quando deveria pedi-lo aos deuses, quando deveria justificar-se aos deuses – e somente a eles! Ah! Que terrível humilhação é esta a de ser amado a qualquer custo, sacrifício e mentira. O que não provoca a dor de não ser desejado, o que não se faz para sê-lo!

E assim, Édipo revela-nos com suas palavras que lhe foi negado este direito de existir. (v. 1390)

Édipo: "Ai de mim! Ai de mim! As dúvidas desfazem-se!
Ah! Luz do Sol! Queiram os deuses que seja
A derradeira vez que te contemplo! Hoje se tornou
Claro a todos que eu não poderia nascer de quem
Nasci, nem viver com quem vivo e, mais ainda,
Assassinei quem não devia!"

Édipo sai correndo em direção ao palácio e Sófocles coloca-o diante das agruras da iniciação, através do coro. Mostra-nos ainda como seu drama é paradigmático aos homens, pois a "felicidade só dura enquanto não sabemos". E mais: não viemos aqui na terra para sermos felizes, mas para cumprirmos, com nosso destino, a busca eterna de tornar-nos heróis (7) – aquele que cultua o sagrado caminho em busca da imortalidade perdida, tema multimilenar. (vs. 1395 a 1445)

Coro: "Felicidade só conheceis imaginada; vossa
Ilusão logo é seguida pela desdita. Com teu
Destino por paradigma, desnaturado, mísero
Édipo, julgo impossível que nesta vida qualquer
Dos homens seja feliz! Ele atirava flechas
Mais longe que os outros homens e conquistou
(assim pensava Zeus, poderoso) incomparável
Felicidade. Fez mais ainda, pois conseguiu
Matar a virgem misteriosa, de garras curvas
E enigmas bárbaros."

Os enigmas somente são bárbaros para quem foge de si próprio – e sempre serão. E seguem nos mesmos versos:

Coro: "Tu és o filho que atravessou a mesma porta
Por onde antes teu pai entrara; nela te abrigas
Num matrimônio jamais pensado!"

Eis o tema do paraíso perdido revivido: a perda da inocência original (a perda da plenitude narcísica, diriam os lacanianos) encerra a perda da impiedade da Idade da Prata (8). Édipo superou o homem de prata, porque sabe de si e não é mais quem ele quer ser (Hybris, Desmedida), mas quem ele realmente é (Dyke, Justa Medida).

Sófocles desnuda agora não a ignorância e inconsciência de Édipo, mas a inconsciência acomodada dos tebanos, num recado aos atenienses, além da questão mistagógica aqui contida. (vs. 1435 a 1445)

> **Coro:** "... E te fizeram pai com a mulher de quem
> És filho, com tua mãe! Filho de Laio: provera
> Aos céus que estes olhos meus nunca, jamais
> Houvessem te visto! Ah! Por que vieram?
> ... E todavia, graças a ti foi-nos possível
> Cerrar os olhos aliviados e respirar
> Tranquilamente por muito tempo."

A alusão ao respirar sereno é referente à Esfinge que sufoca. O ver e o cerrar os olhos é por demais evidente nessas alturas, dispensando novos comentários. Basta acrescentar que o ato de cegar-se simboliza também a vergonha de ver o que não poderia ter visto e, ao mesmo tempo, ironiza que ser feliz é não ver – esta é a tranquilidade dos tebanos.

E agora, Sófocles faz-nos adentrar noutro ponto alto da tragédia, descrevendo-nos através do criado o horror dos horrores: a morte de Jocasta. (vs. 1465 a 1520)

> **Criado:** "Lançou-se como louca ao leito nupcial;
> Com as duas mãos ela arrancava seus cabelos.
> Depois fechou as portas violentamente, chamando
> Aos gritos Laio há tanto tempo morto, gritando
> Pelo filho que trouxera ao mundo para matar o
> Pai e que a destinaria a ser a mãe de filhos de
> Seu próprio filho, se merecessem esse nome."

A questão aqui é o direito sagrado de nomear – desde que se tenha o direito de existir.

E segue:

> **Criado:** "... Em dupla geração aquele esposo tido de
> Seu próprio esposo e os outros filhos tidos de seu
> Próprio filho!"

É o incesto que impede o nomear sagrado, pois destrói o destino nomeado pelos deuses e instaura novamente a era primordial: o Caos. (9)

Neste momento, cega-se Édipo em sinal de vergonha ante tão execrável condição. (v. 1505)

Criado: "...E sem vacilação furou os próprios olhos,
Gritando que eles não seriam testemunhas nem
De seus infortúnios nem de seus pecados:

Édipo: "Nas sombras em que viverei de agora em diante,
Já não reconhecereis aqueles que não mais quero
Reconhecer."

Ou seja: não verei mais pelas aparências; meus olhos não serão mais fonte da verdade para mim, pois foram eles que justamente me ludibriaram. Confiou tão somente no que via, não investigou, limitou-se às obviedades da razão, cuja arrogância pretendia desvendar a Esfinge num simples olhar. Assim, ao cegar-se, Édipo adentra pelos caminhos da iniciação: Não se guiará mais pelas aparências.

E finaliza o Corifeu com a terrível constatação de que todos os males caíram sobre eles: (v. 1520)

Criado: "... Hoje lhes restam só gemidos, vergonha,
Maldição e morte, ou, em resumo, todos os males,
Todos, sem faltar um só!"

Sim, Apolo concretizou todas as suas profecias, e somente aquele que for capaz de sobreviver a todos os males poderá vir a ser um iluminado. Mas, não é só dos vaticínios de Apolo que Édipo sofre. Acima de tudo, suas próprias maldições caem sobre sua cabeça. (v. 1530)

Criado: "... Afirma que não ficará neste palácio, vítima
Das maldições por ele mesmo proferidas."

Acima de tudo Édipo cometeu a profanação de Ácteon (10), ao ousar nomeá-las, descrente de sua força sagrada, descrente de que se concretizariam. Mais ainda: tentou ludibriar os vaticínios.

E Sófocles mostra-nos que a iniciação sempre é precedida por alguma espécie de profanação – veja-se a história pregressa de tantos santos da tradição cristã. E ainda, a iniciação somente principia nos mais negros abismos. Estas provas arquetípicas eram chamadas "os caminhos herméticos" (de Hermes), cuja tradição rezava: "Quem não for capaz de descer, não servirá para subir". Assim compreendemos porque Hermes era representado com asas nos pés – para descer ao Hades (11) – e com asas na cabeça – para transcender, pois o "nume voa".

Agora vemos Édipo preparando-se para responder à terceira questão da Esfinge, que inevitavelmente passa pela arte de descer ao Hades – nosso próprio inconsciente, diriam alguns modernos. Mas é muito mais do que isto: está em jogo aqui desvendar nossa origem cósmica e não meramente psicológica, embora esta importe muito também. (v. 1550)

Édipo: "Ai de mim! Como sou infeliz! Aonde vou?
Aonde vou? Em que ares minha voz se ouvirá?
Ah! Destino!... Em que negros abismos me lanças?"

E pergunta-lhe então o Corifeu: (v. 1575)

Corifeu: "Qual das divindades deu-te a coragem para ir
A tais extremos? (cegar-se)

A resposta de Édipo é certeira, ao evocar Apolo: (v. 1580)

Édipo: "Foi Apolo! Foi sim, meu amigo! Foi Apolo o autor
De meus males, de meus males terríveis; foi ele!
Mas fui eu quem vazou os meus olhos. Mais ninguém.
Fui eu mesmo, o infeliz! Para que serviriam meus
Olhos quando nada me resta de bom para ver?
Para que serviriam?

Foi Apolo quem instigou o ato de cegar-se a Édipo mas é ele, e somente ele, que tem a coragem de assumir seu destino. Novamente, o tema da responsabilidade do homem em cumprir ou não o destino traçado pelos deuses é retomado. E além disso, o novo caminho de Édipo "não tem nada para se ver", sendo traspassado por uma consciência que, se antes não existia, se faz presente agora em toda a sua força:

Creonte: "São grandes os teus males e inda sofres mais
Por teres a noção de sua enormidade."

Segue-se uma discussão entre Édipo e o Corifeu, se não seria melhor morrer que viver cego, como este lhe sugere: (v. 1600 a 1640)

Édipo: "Talvez fosse melhor morrer que viver cego."

Mas Édipo recusa a morte, não por covardia, mas porque considera o fato de viver cego e desterrado um castigo maior. E será justamente esta condição que permitirá a sua iluminação, retomando o arcaíssimo tema iniciático: "Somente o infortúnio prepara os caminhos da iluminação, enquanto que a felicidade percorre os caminhos da cegueira e da impiedade". E, para confirmar o seu caminho, Sófocles retoma o tema da tríplice escolha de Édipo. (vs. 1650 a 1665)

Coro: "Ah! Tripla encruzilhada, vales sombreados,
Florestas de carvalhos, ásperos caminhos, vós que
Bebestes o meu sangue, derramado por minhas
Próprias mãos – o sangue de meu pai..."

Mostra-nos ainda, nos mesmos versos, que a questão do incesto vai muito além da forma proposta pela psicanálise:

Coro: "Mostraste ao mundo um pai irmão dos próprios
Filhos, filhos irmãos do próprio pai, esposa e
Mãe de um mesmo homem, as torpezas mais terríveis
Que alguém consiga imaginar. Mostraste-as todas!"

A psicanálise esbarra em duas limitações. Primeiro, trata o tema como desejo sexual, porém esta questão é a que tem menos importância. São as consequências do incesto concretizado o tema fundamental da tragédia sofocleana. E elas não são meramente sexuais; são existenciais, pois esbarram no direito ou não de existir. Em segundo lugar, na psicanálise a questão não ultrapassa a linguagem do desejo inconsciente – que não se concretiza. Sófocles vai muito mais longe: concretiza o incesto sem uma linguagem do desejo, mas como uma linguagem do direito. Quem desvendou a Esfinge terá como prêmio o trono de Tebas e Jocasta. A grande ironia (ou inconsciência) não é dormir com a mãe sem saber; é desposar quem te gerou e te condenou à morte, ou seja, não te desejou, tirou-te o direito de existir.

Perante estas questões, as fantasias sexuais da criança com relação aos pais, que a psicanálise invoca em nome daquilo que chama de "Complexo de Édipo", não passam de um divertimento e de um desperdício da grandeza temática contida nesta tragédia de Sófocles.

É preciso que se repita: não é que não sejam oportunas as questões sexuais incestuosas levantadas pela psicanálise. É que elas são questões pequenas e irrelevantes frente aos temas centrais da existência: Tenho ou não o direito de existir? Se não tenho, quanto me custará este direito? Que humilhações terei de sofrer para obter este direito? Quanto sofrerei ao ter meu amor rejeitado? Etc. etc. etc. A questão fundamental como vemos não é sexual, é muito mais: é ser aceito e amado.

Trata-se do homem corrompendo o princípio do amor universal – o direito de existir é sua primeira consequência – em nome de suas conveniências ímpias.

A psicanálise, como todas as ciências pagãs dos últimos séculos, não poderia ter visto a questão, pois também estava cega (como Édipo em sua arrogância de desvendar a Esfinge) enquanto esta sufocava-a pela porta dos fundos. A psicanálise foi devorada pela Esfinge porque transformou o "princípio motor cósmico Eros, amor universal", numa problemática sexual. É pouco, muito pouco; é cego, cego demais, frente à grandeza trágica da existência.

O final da peça caminha em direção ao tema do bode expiatório – este é o destino de Édipo, e somente dele: (v. 1675)

Édipo: "Meu infortúnio é tanto que somente eu, e mais
Ninguém, serei capaz de suportá-lo nesta vida!"

Creonte adverte os tebanos pelo desrespeito e impiedade ante o sofrimento alheio. Sim, é por isto que são devorados pela Esfinge. (v. 1685)

Creonte: "... Se não respeitais as gerações dos homens,
Reverenciai ao menos esta luz do Sol..."

E Édipo recorda-nos que honrar os pais já era um divino fundamento desde tempos imemoriais: (v. 1705)

Édipo: "Mas o divino mandamento é conhecido: mate-se o
Parricida, mate-se o impuro!"

Pede então que seja devolvido ao lugar de onde jamais deveria ter partido. (vs. 1715 a 1740)

Édipo: "...Deixa-me antes viver lá nas montanhas, lá
No Cíteron, a pátria triste que meus pais me
Destinaram para imutável túmulo, quando nasci;
Assim eu morrerei onde eles desejaram."

A eloquência da fala de Édipo neste ponto da peça atinge-nos profundamente. A humildade e resignação com que aceita agora seu destino é de um herói. Conhecendo o seu destino, aceita-o com uma grandeza e dignidade sem igual!

Ao aproximarem-se as filhas, a seu pedido, dá-nos Édipo a chave: (vs. 1750 a 1755)

Édipo: "Eu nada via então, desconhecia tudo, minhas pobres
Crianças, e vos engendrei no ventre de onde eu
Mesmo antes saíra!"

Sófocles mais uma vez ataca o ateniense com esta fala sobre as crianças, pois a luz da Pólis está na Paideia. As crianças nada veem, somos nós os responsáveis pela sua visão; mas, quando nós não vemos também, que visão resultará para estas pobres crianças, que deveriam ser o futuro da Pólis? Este tema nos é completamente familiar, como "vemos".

Pede ainda Édipo a Creonte que não descuide delas; elas não são nada sem uma mão que as guie: (v. 1775)

> **Édipo:** "...Ouve: não abandones estas criaturas frágeis, do
> Mesmo sangue teu, à sua própria sorte!"

O coro finaliza a peça alertando para que o homem seja prudente ao vangloriar-se de que é feliz e que esta felicidade pode custar caro, já que ele frequentemente ofende aos deuses ao desrespeitar a Dyke (Justa Medida). (v. 1810)

> **Coro:** "...Até o dia fatal de cerrarmos os olhos,
> Não devemos dizer que um mortal teve boa sorte,
> Antes de cruzar as fronteiras (do Hades) sem
> Jamais ter provado o saber de qualquer
> Sofrimento!"

O alerta dirige-se aqui à felicidade irresponsável, que se procura a qualquer custo, e que está tão em voga em nossos dias também. A Atenas do V século a. C. sofria terrivelmente deste mal, que foi sem dúvida uma das causas de sua decadência. Na verdade, o V e principalmente o IV século a. C. são um período ética e moralmente decadentes. Não é à toa que, por esta época, Diógenes cruzava as ruas de Atenas, em pleno dia, com uma lanterna na mão "à procura de um único homem honesto".

Édipo partirá agora para o exílio que dele fará um iluminado. Encontrou o seu caminho e morrerá reconciliado e em paz com os deuses em "Édipo em Colono". Será o bode expiatório, que sofreu e morreu para ensinar-nos tantas coisas grandiosas sobre o direito universal de existir. E este direito não se exerce de outra forma senão através do amor (Eros, para os antigos). (12)

Quem diria? Há milênios antes de Cristo, um antecessor seu já tentava ensinar aos homens. E pelo visto até hoje não aprenderam e continuam mais cegos do que nunca!

• NOTAS DO CAPÍTULO II

(1) DA MALDIÇÃO: O rapto era prática comum no período arcaico e era considerado prova de amor, Neste caso, a maldição de Apolo a Laio deve-se ao fato de não ter sido autorizado pelo pai de Crísipo – questão ética sagrada para os antigos.

Alguns autores supõem que a maldição foi devida ao fato de tratar-se de uma paixão homossexual, mas isto é um absurdo, pois a paixão entre pessoas do mesmo sexo era prática comum na antiguidade.

(2) ANÁLISE DOS VERSOS: Para conveniência do leitor, procurei seguir a tradução e a métrica proposta por Mário da Gama Cury na obra: A Trilogia Tebana - Édipo rei, Édipo em Colono e Antígona de Sófocles; Jorge Zahar Editor-1990. Onde encontrei divergências com o texto original grego procurei corrigi-las. Desta forma é possível acompanhar as três tragédias na íntegra.

(3) SOBRE AS VERSÕES: Sabe-se que quando Sófocles apresentou estas três obras - em datas diferentes, note-se - todas as histórias eram de amplo conhecimento dos gregos. Contam-se mais de 15 versões de outros autores das quais quase nenhuma sobreviveu, infelizmente.

(4) CRUEL CANTORA: Assim Sófocles denomina a Esfinge aludindo a dois de seus implacáveis atributos: os profetas, aedos (guardiães das leis) e os adivinhos só se pronunciavam em cânticos e sua crueldade devia-se ao fato de somente enunciarem a verdade, doesse a quem doesse.

(5) DYKE: A justa medida dos deuses também chamada de "metron ariston" (a medida da excelência); era representada pelo ouro - símbolo do eterno e do incorruptível.

(6) ARETÉ: A sublime virtude que os homens deveriam buscar imitando a Dyke dos deuses. Era tema central da Paideia que buscava educar neste sentido (a Aristeia). Este é o significado original de aristocrata, não tendo relação alguma com o sentido moderno, que está ligado a descendência nobre.

(7) O HERÓI: Literalmente "aquele que cultua, o sagrado". Deriva-se de "hieró" (sagrado) tendo passado intacta a palavra "hieróglifo" (escrita sagrada) para as línguas neolatinas. No entanto, o significado moderno de herói afasta-se totalmente do original, já que na antiguidade representava o mais alto ideal e busca para os homens se aproximarem dos deuses e merecerem um lugar a seu lado após a morte.

(8) IDADE DA PRATA-HYBRIS: É o oposto da Dyke e do ouro e representa a "desmedida" ou o desvario do poder. Simboliza também o nascimento da separação entre a essência e aparência - a falsidade - que será a marca da humanidade, e por isto serão os homens expulsos do paraíso. Este tema é muito anterior ao antigo testamento que nele se inspirou, dando-lhe no entanto um caráter moralista e sexual, além de colocar o feminino como "fonte da tentação" e ser inferior ao masculino (saiu de uma simples costela do homem primordial...).

(9) CAOS: Era cósmica, que antecedeu à Criação. Seu significado metafísico era muito diferente para os antigos do que para o pensamento moderno, significando todas as possibilidades cósmicas, que ainda não passaram para a esfera do ser - sendo esta justamente a obra do Criador: a passagem do possível em direção ao ser.

(10) ÁCTEON: Personagem mitológico que deu origem à palavra ateu. O mito conta-nos que ousou entrar no bosque sagrado de Ártemis - deusa do sagrado da natureza - e viu-a nua enquanto se banhava. Esta por sua vez, sentindo-se ultrajada por tamanha ousadia, fez com que seus cães - que o acompanhavam na caçada a um javali - pensassem que Ácteon era o próprio javali. Como consequência seus cães mataram-no.

O sentido deste mito é que aquele que não crê, procura ver o divino com os sentidos profanando-o pelos seus olhos incrédulos; mas não é esta a forma de captá-lo, pois o único modo possível é pelo invisível plano da intuição e ou da revelação. Pagou assim o preço da heresia que cometeu.

(11) HADES: Do grego "a des"- literalmente o que não pode ser visto, ou seja, a vida após a morte. Era o deus dos mortos, juntamente com sua esposa Perséfone; também era conhecido por Plutão. Seu reino era conhecido também por seu nome mas era mais referido como "in sfera" (no interior da esfera-terra) ou seja, nas profundezas da terra. Durante o período romano, passou a ser chamado "in ferum" sendo apenas um passo para se chegar a palavra "inferno". Tem entretanto um significado radicalmente diferente da religião cristã, pois não é lugar de provações, mas de passagem para se voltar a uma nova vida após um julgamento; era a chamada "metempsicose".

(12) EROS: Significava no pensamento arcaico o amor como princípio de atração cósmica, sendo seu culto de enorme importância e nada tendo a ver com o significado moderno de erótico. Hesíodo, na sua obra capital "A Teogonia" do sec. VIII a.C., define Eros como "princípio motor cósmico"

CAPÍTULO III

A MISTAGOGIA DE "ÉDIPO EM COLONO" DE SÓFOCLES

Édipo em Colono foi escrita pouco antes da morte de Sófocles e apresentada posteriormente, pela primeira vez, em Atenas em 401 a.C. por seu neto, obtendo o primeiro lugar no concurso trágico em que concorreu. Esta tragédia trata do longo e sofrido caminho que Édipo percorrerá em sua iniciação. Somente após cegar-se é que descobre a profundidade de sua desgraça.

Seus dois filhos, absorvidos por suas ambições na disputa do trono de Tebas, mostraram-se indiferentes ao imenso infortúnio do pai. Édipo amaldiçoou-os então e eles expulsaram-no de Tebas. Guiado por sua filha Antígona, perambulará por toda a Grécia como suplicante o resto de sua vida. Ao seu final, chegará às imediações de um bosque em Colono, próximo de Atenas, consagrado às Eumênides (Erínias ou Moiras).

É neste momento que a peça se inicia. Édipo pressente que chegou ao local anunciado pelo oráculo como sendo o local sagrado de sua transcendência e, portanto, fim de suas provações nesta estada terrestre. Detém-se neste bosque sagrado com sua filha Antígona e pede asilo a Teseu, o rei de Atenas; promete-lhe a proteção da cidade como compensação. Sabe que está prestes a morrer, e onde seu corpo repousar, será o santo sepulcro de onde emanará esta proteção. Isto porque é um homem sofrido e purificado; seu corpo não tem poluição alguma, ao contrário, purificará o local onde permanecer e é justamente este o seu caráter sacro.

Seu cunhado Creonte, informado por um oráculo sobre o valor sagrado do corpo de Édipo – que abençoaria a terra onde repousasse – aparece em cena para levá-lo de volta a Tebas. Mais uma vez é com triste ironia que Sófocles execra a condição humana, mostrando-a capaz de disputar um futuro cadáver, desde que lhe seja conveniente e benéfico. Édipo no entanto, tem a proteção de Teseu e assim Creonte não consegue levá-lo de volta a Tebas.

A ação tem sequência com a aparição de seu filho mais velho – Polinices – que tivera o trono usurpado pelo irmão mais novo Etéocles. Na verdade, tinham feito o trato de que cada um governaria Tebas por um ano, a começar por Etéocles. Mas ao findar seu prazo, este não entregou o trono a Polinices, que armou em exército com o auxílio de Argos para destronar o irmão. Agora ele pretende atrair os favores dos deuses, trazendo Édipo para seu lado, pois acreditava que assim venceria a batalha. Ele, que expulsara Édipo, agora vinha buscá-lo; mais uma vez, porque lhe era conveniente.

As respostas que Sófocles coloca na boca de Édipo, o cinismo de Polinices em sua condição de suplicante a Édipo, só fazem aumentar o sentimento de asco diante da baixeza que a condição humana pode atingir. E ele ainda retoma um tema arcaíssimo: a amargura de um pai diante de um filho indigno, que não vê senão as vantagens que o pai (como cadáver!) pode trazer-lhe. É um horror – sempre será – descobrir e admitir que um filho é indigno. E não há nada que possa garantir a dignidade, apenas porque "trata-se de meu filho". Malgrado nosso narcisismo insano, nossos filhos podem ser uma catástrofe enviada pelos deuses, quem sabe?

Em todo caso, Polinices também fracassa em sua tentativa de levar Édipo. Este apenas pede a Antígona que lhe dê uma sepultura quando morrer; já sabe que seu fim está próximo. Faz assim Sófocles a ligação com o tema central da terceira peça da trilogia (1): Antígona. Édipo ainda profetiza que os dois irmãos haverão de entrematar-se.

Após a partida de Polinices, ouve-se o trovão de Zeus. Édipo já sabia através do oráculo que este era o prenúncio de sua morte. Somente Teseu tem permissão de permanecer junto a Édipo. O local a que chegam é encontrado por Édipo, que ninguém guia agora, ao contrário, é ele que está à frente do séquito – ele agora vê, tem a luz de Apolo. Édipo agora pode ver o essencial – que é invisível aos olhos comuns e somente se mostra aos iluminados.

Teseu deve guardar segredo absoluto sobre o local da morte de Édipo, como condição da felicidade de Atenas.

Finalmente, Édipo desaparece misteriosamente ante uma voz, que é o chamado de um deus. Sua apoteose marca a ascensão à condição de imortal: o bode expiatório realizara o seu destino e, assim purificado, atingira o "Telos" – o ciclo final das metempsicoses (2) e o Olimpo abrira-se para recebê-lo como um dos seus, como um imortal.

É no verso 1875 que o mensageiro anuncia ao Corifeu:

Mensageiro: "Fica sabendo: Ele acaba de conquistar a vida Eterna."

1 • ANÁLISE DOS VERSOS

A época da ação é a idade heroica da Grécia. Todo o enredo da peça segue a tradição épica da Tebaida. Esta tradição também é seguida por Ésquilo e Eurípedes mas, infelizmente, dela somente restam-nos fragmentos, tornando assim árdua a tarefa de reconstituí-la. Na verdade, a totalidade das tragédias escritas sobre Tebas seguem essa tradição.

Personagens:

Édipo: ex-rei de Tebas
Antígona: filha de Édipo e Jocasta
Ismene: filha de Édipo e Jocasta
Estrangeiro: um habitante de Colono
Corifeu
Coro de anciãos da Ática
Teseu: rei de Atenas
Creonte: rei de Tebas
Polinices: filho de Édipo e Jocasta
Mensageiro

O cenário é o bosque consagrado às Eumênides, diante do qual passa um caminho por onde chega Édipo, guiado por Antígona. Ele está no fim da vida e, reconciliado com os deuses, declara que finalmente aprendera a ser paciente e humilde: (vs. 5 a 10)

> **Édipo:** "Peço tão pouco e me dão menos que esse
> Pouco e isso basta-me; de fato, os sofrimentos,
> A longa convivência e meu altivo espírito,
> Me ensinam a ser paciente."

Mais ainda, aprendeu a ouvir:

> **Édipo:** "... Devemos como forasteiros consultar os
> Cidadãos daqui e ouvir-lhes os conselhos."

Antígona recorda-lhe que, finalmente, chegaram ao local sagrado e ao fim das provações de seu caminho tão longo: (v. 20)

> **Antígona:** "Senta logo aqui, repousa nesta pedra gasta;
> Teu caminho foi muito longo para o ancião que és."

Mas, tão logo aproxima-se da pedra e senta-se, um estrangeiro alerta-o de que não pode nem pisar, nem demorar-se neste solo: (v.40)

Estrangeiro: "Ninguém pode pisá-lo nem demorar nele,
Pois suas donas são as deusas pavorosas,
[as Eumênides], filhas do Solo e das Sombras
Impenetráveis."

Édipo, no entanto, está decidido a permanecer no local - sabe que este é o seu lugar. Sabe que este é o lugar do qual partirá em direção à imortalidade; (v.50)

Édipo: "Então, acolham elas favoravelmente seu
Suplicante, pois jamais me afastarei deste lugar
Onde afinal me sento agora."

E, ante o espanto do estrangeiro, finaliza ainda no mesmo verso:

Édipo: "É o mandamento de meu destino."

Édipo vem encontrar guarida justamente no local consagrado às Fúrias Vingadoras, que os atenienses chamam de Eumênides (as pacificadas), desde os tempos imemoriais em que Atená conseguira pacificá-las, quando perseguiam Orestes, por ter ele morto Égisto e Clitemnestra, para vingar o assassinato de seu pai Agamémnon (veja-se a "Oresteia" de Ésquilo a esse respeito). Elas também perseguiram Édipo por toda a vida, por ter ele morto o próprio pai e, se os oráculos ordenaram-lhe que em local a elas consagrado terminasse seus dias e ascendesse à condição de imortal, é porque ele não estava apenas purificado de seu crime. Mais do que isto, muito mais: seu caminho e sofrimento purificaram-no de tal modo que o santificaram; Édipo aceitou o seu destino de andarilho e mendigo com a mais profunda resignação, tornando-se sua conduta exemplar para o gênero humano.

Compreendemos que é justamente no local que é interdito a todos os humanos, o local onde todos acumulamos dívidas, que Édipo pode sentar-se serenamente e ainda oferecer a paz e a prosperidade com sua morte, como o fará ao oferecer estas dádivas a Teseu e à cidade de Atenas que o acolhera.

O estrangeiro ainda tenta demover Édipo de sua intenção de ali permanecer: (vs. 65 a 70)

Estrangeiro: "Este lugar é consagrado; ele pertence a
Poseidon, senhor dos mares; nele mora o
Titã Prometeu, deus portador do fogo.
O chão que pisas é chamado umbral de bronze
Destas paragens, sustentáculo de Atenas."

Fica evidente aqui a menção ao umbral (ou "caminho" literalmente, em grego antigo) de bronze (3). Refere-se aos homens de bronze – e nesse sentido é paradigmático que o local seja também consagrado a Prometeu, o pai de todos os homens, aquele que roubou o fogo para dá-lo aos homens e foi acorrentado no Cáucaso como castigo, perdendo ainda a imortalidade. Prometeu também ousou fazer justiça com as próprias mãos e Zeus castigou-o, porque "deu aos homens mais do que mereciam". (Hesíodo, "Os trabalhos e os dias")

A seguir, declara-lhe o estrangeiro que Teseu é o rei desta região e Édipo pede para falar-lhe; este lhe pergunta que bem pode lhe trazer um homem cego, (v. 80) obtendo a seguinte resposta no mesmo verso: (v.80)

> **Édipo:** "Falar-lhe-ei com a máxima clarividência."(!)

Parte em seguida o estrangeiro e Édipo apresenta-nos uma belíssima súplica às Eumênides: (vs. 95 a 130)

> **Édipo:** "Terrificantes deusas... não me hostilizeis,
> Nem ao deus Febo, pois quando ele proclamou
> O meu destino cheio de infelicidade disse que
> Este lugar seria o meu refúgio... inda que
> Fosse para encerrar aqui a minha triste vida;
> E por haver morado nesta região traria o bem
> A quantos me acolhessem e ruína certa a quem
> Quisesse repelir-me, fazendo-me voltar à estrada."

Vê-se aqui que o destino de Édipo é trazer o bem com a sua desdita. É o tema do bode expiatório, sempre retomado: deverá morrer para salvar os homens. Já sabemos desta história, que não é nada original do cristianismo, ao contrário. Édipo começa a compreender que era seu destino chegar a este bosque sagrado:

> **Édipo:** "Percebo agora que minha longa jornada
> Me conduziu seguramente a este bosque
> Uma premonição qualquer que me mandastes;"

E termina os versos citados suplicando às Eumênides e a Atená que lhe deem um meio de findar a vida:

> **Édipo:** "Então, deusas, de acordo com as ordens de
> Apolo dai-me afinal um meio de findar a vida,
> Se não me achais indigno dessa vossa graça,
> Eu, escravo para sempre das desditas mais
> Lamentáveis reservadas aos mortais!"

E por que o deus da luz, o Verbo-Luz, escolheria alguém para personificar o seu exato oposto? Iniciou sua vida condenado: foi rejeitado pelo pai e pela mãe. Sem saber, matou o pai e desposou a mãe. Sem saber por que, tornou-se rei de uma cidade estrangeira (assim pensava Édipo). Pensou ter morto a Esfinge e foi ela que acabou por devorá-lo, porque não sabia, porque tentou burlar os deuses e o destino. Quando soube, aterrado com a realidade, cegou-se e assim principiou seu caminho de expiação e purificação. Assim, temos a resposta: a iluminação de Apolo é árdua conquista e, iniciando-se na cegueira, exige uma longa e penosa peregrinação pelo mundo e pelo outro, tanto faz.

Principia o coro então a refletir sobre Édipo e sua condição: (v. 165)

> **Coro:** "Ah! Esses olhos!... Já nasceste cego?"

O desdém é evidente: assim nasceste ou foi a vida que te fez assim? E prossegue: (v. 170)

> **Coro:** "Viveste muito, é óbvio; tua vida foi dura...
> Foste longe, longe demais!"

Soa tão irônico este "longe demais". O que quer dizer o coro de anciãos? O que é ir "longe demais"? Terá sido a ousadia e a arrogância que o reduziram a frangalhos, ou será justamente o contrário? Foi justamente a coragem de buscar a verdade que o levou "longe demais", ou seja, a transcender. O coro, implacável, ainda insiste em saber quem é Édipo, qual é a sua origem: (v. 215)

> **Coro:** "Agora que estás calmo, infeliz, fala:
> De que mortais nasceste? Quem és tu,
> O infortunado que levam assim?
> Posso saber qual é a tua pátria?

Édipo resiste, não quer responder, evita a todo custo falar de sua origem (v. 220)

> **Édipo:** "Minha origem é horrível!"

Finalmente confessa: (v. 225)

> **Édipo:** "Conheceis o filho de Laio?
> **Coro:** "Ah!"
> **Édipo:** "É a raça dos Labdácidas?"
> **Coro:** "Ah! Zeus!"
> **Édipo:** "E Édipo desventurado?"

Coro: "És tu?..."
Édipo: "Como sou infeliz!"

Então, como se não bastasse, o coro exorta Édipo a partir, a afastar-se de sua cidade. (v. 235)

Coro: "... Afasta-te de minha cidade,
Não sejas causa de males maiores!"

Mas Édipo provoca o coro, perguntando-lhe de que vale a reputação de Atenas como a mais piedosa das cidades. (v. 265)

Édipo: "Que bem, então, resulta da reputação
E glória, se tudo termina em vãs palavras?
Disseram-nos que Atenas era uma cidade temente
Dos deuses mais que todas, a única pronta a
Salvar um forasteiro ameaçado, a única também
"Capaz de protegê-lo."

É clara a crítica de Sófocles a seus concidadãos "democráticos", cuja xenofobia era por demais famosa. Há uma comparação aqui entre a antiga Atenas de Teseu – aquela que respeitava os deuses – e a nova, a do V séc. a.C., na qual a democracia não era senão um embuste demagógico. Segue-se uma bela reflexão, uma verdadeira fenomenologia do maldito, na qual Édipo coloca-nos ante um terrível dilema: nasceu maldito ou fez-se maldito? (v. 275)

Édipo: "Se eu pudesse falar agora de meu pai
E minha mãe, perceberíeis que meus atos
Foram de fato muito mais sofridos que cometidos,
E apenas por causa deles me escorraçais
Agora cheios de terror para longe de vós
(sei disso muito bem). Seria eu, então, um
Criminoso nato, eu que somente reagi a uma ofensa?
... Cheguei até onde fui sem perceber;
Meus agressores, ao contrário, queriam
Destruir-me conscientemente."

Vemos aqui a grande questão novamente da culpa e do destino. Mais ainda, permanecem as questões: o que é ser culpado? É possível uma culpa "sem consciência", como Édipo declara? Os deuses pareceram inteiramente indiferentes a essa sua declaração de "eu matei meu pai sem saber"; castigaram-no da mesma forma e não alteraram seu destino, um milímetro sequer. Por outro lado, é inegável a verdade que Édipo nos declara: aquele que age conscientemente carrega uma culpa inafiançável. Mas é ela maior do que aquela de quem não sabe do crime que cometeu?

E prossegue em sua exaltação ao coro:

> **Édipo:** "... Considerai, antes de agir, que se eles
> [os deuses] olham para as pessoas piedosas,
> Também veem as ímpias, e como sabemos muito
> Bem, mais de um mortal sacrilégio ficou impune."

E ele, sem saber, expiou uma vida inteira por seu crime... Onde está a justiça dos deuses, que permitem a impunidade de um ímpio - e praticam o massacre do piedoso? Eis um mistério com o qual sempre teremos de nos deparar, sem poder responder. O que fica patente, é que os deuses quando elegem seus interlocutores, fazem-nos sofrer exemplarmente e que os ímpios são abandonados à própria sorte, vivendo bem aos nossos - e somente aos nossos olhos.

E finaliza, alertando o coro para seu julgamento superficial e perigoso: (v. 300)

> **Édipo:** "... Auxiliai-me e não me deixeis só
> Porque minha aparência horrível vos afeta
> Os olhos. Chego como um homem predestinado e
> Devoto... Antes, não me equipareis a criminosos."

Édipo coloca-nos diante da responsabilidade do julgamento, alertando-nos como é falso quando baseado na "lógica das evidências". Mais uma vez o alvo aqui eram os demagogos atenienses (4), cuja retórica era já por demais conhecida.

Respondendo ao pedido de Édipo para ver o rei Teseu, declara então o Corifeu: (v.325)

> **Corifeu:** "Teu nome é de tal forma célebre
> Em toda parte que, embora esteja em repouso,
> Ele quando souber virá no mesmo instante."

Nesse ínterim, surge sua outra filha Ismene e, ao vê-la juntar-se à Antígona, declara recordando-nos sua condição de incestuoso: (v. 345)

> **Édipo:** "Minhas filhas, irmãs!"

Ismene traz notícias de seus dois irmãos, Etéocles e Polinices: (v. 390)

Ismene: "Estou aqui para informar-te das desditas
Que afligem teus desventurados filhos.
Antes quiseram fazer de Creonte o rei,
Na expectativa de livrar sua cidade da
Mácula, mas veio-lhe depois à mente
A tara antiga que segue a raça maldita."

Sim, a maldição dos Labdácidas (5) é antiga e remonta às núpcias de Cadmo e Harmonia, (6) quando os deuses sentaram-se pela última vez ao lado dos homens, no banquete de seu casamento. Foi de fato a "última ceia" primordial, mais tarde reeditada na tradição cristã. Desde então, os deuses não voltaram mais a se sentar ao lado dos homens, abandonando-os definitivamente. Assim, o homem parece tornar-se o deus de si próprio, tal é sua arrogância:

E prossegue Ismene no mesmo verso:

Ismene: "Agora, pobre pai, por causa de algum
Deus e de desígnios criminosos teus, dois
Filhos três vezes arrogantes, estão separados
Por uma desavença súbita e funesta:
Cada um deles tenta obter de qualquer modo
O cetro e o poder real para si mesmo."

É a Hybris (desmedida) do jovem que volta à tona. Pouco lhe importam os meios – quer o poder a qualquer custo. Não bastassem os sofrimentos de Édipo, sua filha traz-lhe o dissabor de saber que seus filhos homens estão a ponto de entrematarem-se, pela louca busca do poder. Sófocles introduz-nos aqui no tema do filho indigno, mostrando-nos – horror dos horrores – a coragem de reconhecer que este filho é inglório e nada tem de grandioso, ao contrário, envergonha o progenitor.

Penalizada, Ismene tenta consolar seu pai de mais esta desdita: (v. 410)

Ismene: "Não sei, entretanto, quando os deuses
Enfim terão pena de ti levando em
Consideração teus sofrimentos."

Édipo não acredita que isto seja possível; acha que seu destino é o resultado de ter sido abandonado pelos deuses: (v. 415)

Édipo: "Tens esperanças de que os deuses se interessem
Por mim a ponto de me salvarem dia?"

Mais do que isto, os deuses reservaram, como veremos, a imortalidade para Édipo. Ismene é a portadora das notícias dos oráculos, nos mesmos versos:

> **Ismene:** "Tenho; disseram isso oráculos recentes."

Mas as notícias que Ismene traz acerca da redenção de Édipo pelos deuses, servem muito aos interesses dos humanos, pois agora ele não traz mais maldição ao solo em que pisa, muito ao contrário salva-o. E declara sua filha: (v. 420)

> **Ismene:** "Segundo dizem, os tebanos vão querer-te
> Vivo ou após a morte, pois os salvarás."

Pois sim! O valor de Édipo subitamente interessa aos homens – vivo ou morto (sic). E veremos agora iniciar-se algo que parece ser uma caçada humana, quando Creonte e seu filhos Polinices desejarão sua volta ou seu cadáver, tanto faz, já que ele agora servirá aos seus propósitos. Tê-lo ao seu lado é benéfico – e isto é suficiente para que deixe de ser maldito e passe a ser desejado e disputado. Édipo já cometera esse erro, quando pensou que eliminara a Esfinge livrando Tebas da "virgem bárbara de enigmas monstruosos", sendo eleito rei em reconhecimento. Agora, lúcido e iniciado, não servirá mais aos propósitos de ninguém. E Ismene confirma: (v. 420)

> **Ismene:** "Agora exaltam-te os deuses que te puniram."

Édipo ainda não compreendeu o porquê de tanto sofrimento (v. 425)

> **Édipo:** "É tão pouco exaltar um mísero ancião
> Quando a melhor parte da vida já passou..."

A pergunta sincera é: para quê tudo isto? Não compreendera ainda que fora eleito pelos deuses, para galgar a imortalidade e que a última etapa para este salto consistia num sacrifício supremo, justamente o que foi a sua vida - de rejeitado a príncipe; de príncipe a rei de Tebas; de rei de Tebas a maldito; de maldito a mendigo e suplicante; de mendigo e suplicante a eleito dos deuses; de eleito dos deuses a imortal.

Ah! Quão árduo é o caminho do herói em sua busca da imortalidade!

Logo a seguir, Ismene alerta Édipo sobre os planos de Creonte de usar os seus poderes, agora benéficos, para salvar Tebas: (v. 430)

> **Ismene:** "Ele (Creonte) pensa em levar-te para as
> Vizinhanças de Tebas, onde lhe serias muito
> Útil, mas não quer que pises no chão de tua terra."

Porque Creonte não quer Édipo vivo em Tebas, mas deseja o seu sepulcro, como explica sua filha (v. 435)

> **Ismene:** "Se o teu sepulcro sofrer qualquer violência
> Eles terão de arcar com sérias consequências."

O motivo para que não entre em Tebas é para que esteja "onde não possa ser o senhor de seus desejos" (v. 440). Para que não possa ter direito algum restituído.

Ante a negativa de ter seu corpo coberto com a terra de Tebas, declara Édipo nos mesmos versos após as palavras de Ismene (v. 440)

> **Ismene:** "Não pai; esse direito o parricídio tira-te".
> **Édipo:** "Então jamais acatarei as suas ordens."

E por que teria seu corpo, agora tamanha força sagrada, já que nele reside um parricida e incestuoso? Porque ele expiara com tal intensidade suas culpas que agora seu corpo estava completamente purificado e, onde quer que fosse sepultado, traria os benefícios de sua sagrada pureza. Mais ainda, vemos aqui a força que emana do abissal, seja ela boa ou má, na fala de Ismene: (v. 445)

> **Ismene:** "A tua ira os ferirá [aos tebanos]
> Vinda do túmulo"

Édipo insiste então em saber quem revelara à sua filha tais vaticínios. Fica sabendo que foram "os mensageiros de volta do altar de Delfos" e temeroso pergunta: (v. 450)

> **Édipo:** "Ouviu essas palavras algum de meus filhos?"

Diante da assertiva de Ismene declara irado: (v. 455)

> **Édipo:** "Então aqueles sórdidos, sabendo disso,
> Põem sua ambição pelo poder real acima
> Do dever de me chamar de volta?"

A resposta é amargamente afirmativa, mais uma vez. E Sófocles desnuda, pelas palavras de Édipo, a conduta dos filhos ingratos. Não, eles não cumprem o dever de chamar de volta a Tebas o pai purificado, que agora poderia verdadeiramente salvar a cidade. Muito ao contrário, pretendem utilizar até o cadáver do pai se preciso, para materializar sua ambição pelo poder real. Assim, sem saber, continuaram confirmando a maldição que recaiu sobre os Labdácidas e sobre Tebas: exatamente não saber. Mas Édipo está livre desta maldição, pois pagou o preço e conquistou o saber. Tanto que ele próprio vaticina agora, declarando que o poder não pertencerá a nenhum dos dois irmãos: (v. 460)

> **Édipo:** "Nem o detentor do cetro e do trono [Etéocles]
> Será capaz de preservar o seu poder, nem
> Aquele que abandonou sua cidade entrará nela
> Novamente [Polinices], pois nenhum deles, no
> Momento em que seu pai era banido vilmente
> De sua terra, apareceu para apoiá-lo e defendê-lo;"

E prossegue com o cruel desnudar da verdade: (v. 490)

> **Édipo:** "Em contraste com esse apoio devotado
> [O apoio das filhas do pai], meus filhos
> Preferiram em vez de seu pai os poderes
> Ligados ao cetro e ao trono."

Declara finalmente que jamais lhes dará apoio e que está agora ao lado de Febo Apolo: (v. 495)

> **Édipo:** "Nunca me aliarei a eles e jamais lhes
> Advirá proveito de seu mando em Tebas.
> Disso estou certo após ouvir esses oráculos
> Mencionados por minha filha; é quando penso
> Nas velhas profecias cuja validade Febo já
> Comprovou há tempo contra mim."

Édipo está em paz com os deuses agora e não será ele aquele que dará curso à maldição de Apolo, mas seus filhos. Mais do que tudo, este cego mendigo suplicante, outrora um soberbo rei, é seu enviado. Agora ele pode oferecer a proteção de seu corpo sagrado e purificado a quem ele queira e prepara esta oferenda para Atenas: (v. 500)

> **Édipo:** "... Se quiserdes, estrangeiros [atenienses],
> Juntar-vos às deusas temíveis, senhoras
> Deste solo para garantir a minha segurança,
> Proporcionareis à vossa terra um valioso
> Salvador, e ao mesmo tempo a ruína de meus
> Inimigos."

Assim, abandona Tebas à própria maldição – que não mais lhe pertence – e dispõe-se a entregar sua proteção a Atenas. E por que daria este homem purificado sua sagrada proteção a uma terra estrangeira? Aqui adentramos na questão do merecimento, anteriormente mencionada ("a cidade que mais cultua os deuses"). Há uma clara alusão aqui ao fato de que a glória passada de Atenas foi construída graças à sua devoção à Dyke – aos deuses e à justiça – , à humildade de seus governantes, como veremos na figura de seu rei Teseu. Fica no ar, naturalmente, se a Atenas de Sófocles merecia tal salvação. Obviamente que não, pois sua arrogância e soberbia eram evidentes.

Segue-se a oferenda lustral de Édipo às "Deusas Benignas", quando o Corifeu o orienta: (v. 535)

> **Corifeu:** "Já que as chamamos de Deusas Benignas,
> Roga-lhes uma acolhida salvadora ao suplicante
> Com o coração repleto de benevolência.
> Deves fazer tu mesmo a prece, ou pede então
> A alguém que a faça por ti com a voz inaudível."

Deusas Benignas" é uma forma aparentemente eufemística de mencionar as Fúrias. Devemos recordar, no entanto, que sua função é vingar crimes hediondos e que são também chamadas "as pacificadoras" (Erínias). Isto porque a vingança deve ser entendida como uma pacificação (daí Erínias) e como um bem – daí Eumênides. Desta maneira, os nomes não são tão eufemísticos como poderiam parecer num primeiro exame mais superficial, pois a vingança pode serenar a fúria gerada pela impiedade.

Passa o coro a interrogar Édipo sobre seu passado. Após muita insistência, ele cede e responde: (v.575)

> **Édipo:** "Meus sofrimentos são inesquecíveis;
> Sofri-os sem saber o que fazia.
> Os deuses são as minhas testemunhas e
> Tudo aconteceu malgrado meu."

E prossegue: (v. 580)

> **Édipo:** "Numa união criminosa sem meu conhecimento
> A própria Tebas colheu-me na armadilha de
> Umas núpcias que foram a minha infelicidade."

Sófocles retoma o tema da Esfinge com uma clareza ainda mais contundente. Era apenas Édipo que não sabia – isto está evidente. Trata-se agora de acusar

Tebas de ser quem lhe preparou a armadilha. Voltamos assim ao tema da responsabilidade do crime. Quem é culpado do incesto? Ele, que não sabia, ou Tebas que não quis saber, que não importou em desvendar a morte de seu rei Laio? Ou Jocasta, que sempre soube e nunca lhe revelou, que se casara com o próprio filho para manter o poder e a coroa a qualquer preço?

E Sófocles insiste, mais uma vez, na questão, neste diálogo entre o coro e Édipo: (v.590)

> **Coro:** "Sofreste!"
>
> **Édipo:** "Sim, males inolvidáveis!"
>
> **Coro:** "Pecaste!"
>
> **Édipo:** "Não! Eu não pequei!"

E prossegue a questão da responsabilidade do crime: (v. 600)

> **Coro:** "Mataste! [o pai]"
>
> **Édipo:** "Sim, matei; tenho entretanto..."
>
> **Coro:** "O que?"
>
> **Édipo:** "... algo para justificar-me."
>
> **Coro:** "Mas como?"
>
> **Édipo:** "Digo-te: quando o matei e massacrei agia sem
> Saber. Sou inocente diante da lei, pois fiz
> Tudo sem premeditação."

Édipo declara sua inocência perante a lei porque não sabia. E esta é a justiça dos homens, mas não é a justiça dos deuses que não o perdoaram e, mais ainda, antes mesmo que nascesse, determinaram que mataria o pai e se uniria à mãe. Capricho dos deuses o destino de Édipo por eles traçado? Evidentemente que não! O destino de Édipo é o do bode expiatório: sofrerá todas as ignomínias para que nós possamos aprender; perder-se-á nas trevas para iluminar o caminho dos homens. Por isto conquistará a imortalidade no final de sua vida; seu caminho é o caminho da mais elevada Mistagogia – é a iniciática da purificação.

Inicia-se a segunda parte da peça, com a entrada em cena de Teseu, rei de Atenas, que vem atender ao chamado de Édipo sendo anunciado pelo corifeu. A fala de Teseu é grandiloquente e humilde ao mesmo tempo, mostrando Sófocles aos atenienses o que é ser um verdadeiro rei. Teseu é um homem iniciado e sabe o que é a agrura do desterro, pois também cresceu no exílio. Vê-se nestes versos toda a grandeza e nobreza do herói: (v. 620)

Teseu: "... E não lhe ficarei indiferente, eu que
Cresci no exílio, um desterrado como tu,
E que arrisquei como ninguém a minha
Vida lutando muitas vezes em terras estranhas.
Por isso, a nenhum forasteiro igual a ti
Eu hoje poderia recusar ajuda.
Sei muito bem, ancião, que sou apenas
Homem e que não me pertence o dia de
Amanhã, da mesma forma que não és senhor do teu."

Eis o verdadeiro aristocrata, eis a verdadeira excelência (Aretê) do herói, que é lutar com unhas e dentes para salvaguardar suas crenças, mas que se entrega docemente ao abraço do destino.

Édipo reconhece de imediato a nobreza de Teseu e revela-lhe sua oferta: um lugar para morrer em sua terra e em troca a proteção de Atenas por seu corpo sagrado: (v. 635)

Édipo: "Venho para ofertar-lhe meu sofrido corpo;
Ele é desagradável para quem o vê, mas o
Proveito que te poderá trazer torna-o mais
Valioso que o corpo mais belo."

Teseu quer saber que benefício é este que seu corpo lhe trará, mas Édipo avisa-o que somente saberá "quando eu morrer e me tiveres sepultado" (v. 640)

Teseu: "Falas apenas do final de tua vida;
Esqueces-te do tempo que ainda te resta,
Ou não dás o menor valor a todo ele?"

Mais uma vez, podemos compreender que Édipo agora é um herói cujo fim maior é a morte digna (7), como vemos em sua resposta nos mesmos versos:

Édipo: "Em minha opinião, o fim abrange tudo."

Imagina então Teseu que Édipo pede um "favor insignificante"; mas este alerta-o que não será fácil cumprir essa determinação neste diálogo: (v. 650)

Édipo: "Presta atenção! A contenda não será fácil!"

Teseu: "Estás falando de teus filhos ou de mim?"

Édipo: "Já os vejo dando ordens para me levarem..."

Teseu quer saber se é isto o que deseja, quer dizer, se "seu exílio irá cobri-lo de glória", no que se engana e Édipo pede então para explicar. (vs. 655 a 660)

> **Édipo:** "Sofri demais, Teseu, desgraça após desgraça."
>
> **Teseu:** "Queres falar de antigos males da família?"
>
> **Édipo:** "Não, eles são o assunto dos helenos todos."

Sófocles não perde a oportunidade de alfinetar os atenienses, lembrando que todos os helenos sofrem por causa de antigos males de família, ou seja, ninguém é herói, ao contrário, todos tem grandes débitos para com a justiça desde gerações. Fica evidente, além disso, o caráter paradigmático de Édipo. Ele fala a todos que tem a mesma maldição que a sua – males de família (!).

Passa então Édipo a explicar-se: (v. 665)

> **Édipo:** "Aconteceu comigo que meus próprios
> Filhos me expulsaram da pátria, e como
> Parricida nunca, jamais poderei regressar a ela."

Sófocles coloca-nos novamente diante de um dos temas centrais de "Édipo em Colono": a obrigação sagrada dos filhos honrarem os pais. E mais: no exemplo de Antígona, a obrigação sagrada de cuidar dos pais até a morte. Ora, é exatamente isto o que seus filhos Etéocles e Polinices não fazem. E ainda querem seu cadáver, para usufruir o que os deuses através dele oferecem. Finalmente, horror dos horrores, pouco se importam com seu pai e declararam-no parricida, para dele se livrarem e assim se apoderarem do trono.

A pergunta que fica no ar – a grande questão – é saber quem é o verdadeiro parricida. Se Édipo, que matou sem saber, ou seus filhos, que querem se livrar do pai – o que é o mesmo que matar – sabendo muito bem porque o fazem. E como se tudo isso não bastasse, abandonam o pai enquanto lhes convém e querem o seu cadáver quando lhes traz proveito. Teseu não compreende porque estes filhos desejam Édipo agora: (v. 665)

> **Teseu:** "Por que, então, te mandariam procurar se
> Desejassem que ficasses longe deles?"

Ao que Édipo esclarece o rei:

> **Édipo:** "A voz dos próprios deuses os compele a isso."

Ou seja, eles consultaram os oráculos e sabem do valor sagrado do corpo purificado de seu pai. Édipo ainda alerta Teseu (vs. 576 a 690) que seu cadáver protegerá Atenas da ira de Tebas contra Atenas, que um dia inevitavelmente ocorrerá (v. 690)

> **Édipo:** "Assim, meu gélido cadáver em seu sono,
> Oculto sob a terra, um dia beberá seu
> Sangue quente [dos Tebanos], se Zeus ainda
> For Zeus e se Apolo, filho de Zeus, diz a verdade."

Teseu acolhe então Édipo sob sua proteção, em retribuição ao que este lhe presta, dizendo ao Corifeu: (vs. 705 a 715)

> **Teseu:** "Quem poderia ser indiferente, então,
> A este homem que nos vem como um amigo?
> Em retribuição a tal favor, acolho-o como
> Habitante do lugar; se ele prefere ficar
> Aqui, incumbo-te de cuidar dele."

Teseu ainda oferece-lhe sua casa, nos mesmos versos:

> **Teseu:** "Que preferes, então? Ir para a minha casa?"

A resposta de Édipo é a de um grande iniciado, que sabe de seu destino e portanto qual é o seu lugar: (v. 720)

> **Édipo:** "Se eu tivesse esse direito, mas este é o
> Lugar... onde triunfarei dos que me repeliram."

Está no lugar consagrado às Fúrias Vingadoras - as grandes deusas da verdade. Como nada teme, pois tem agora ao seu lado a impávida verdade, este é o lugar onde triunfará sobre os que o repeliram.

Teseu declara que "tua presença aqui é uma grande dádiva" (v. 720) e que não o abandonará (v. 725). Neste mesmo verso, vemos o valor da palavra e do juramento para o iniciado.

> **Teseu:** "Confiai quanto a mim; não te abandonarei.
>
> **Édipo:** "Não quero sequer que jures, como um vilão."
>
> **Teseu:** "Por mim, jurar não valerá mais que falar."

Eis o significado da palavra – falar é a mesma coisa que dizer a verdade. Somente os vilões tem de jurar – porque nunca expressam a verdade com suas palavras.

Assim, para o herói, cada palavra já é por si só um juramento, ou seja, é o Verbo–Luz de Apolo, a verdade e somente ela. Sófocles, ao recordar aos atenienses o significado do herói, ataca sua hipócrita democracia com seus demagogos e sofistas especializados na arte de persuadir, de mentir. E não é só para os atenienses que serve a carapuça. Vinte e cinco séculos mais tarde, sentimos vergonha ao reconhecer que todo o progresso, toda a ciência e filosofia, foram em vão para sequer manter viva a chama do homem por excelência – aquele que tem a coragem de ser verdadeiro. É triste constatar a impotência e covardia da humanidade para percorrer os caminhos da verdade e da dignidade.

A seguir, afasta-se Teseu com sua escolta e o coro glorifica o local sagrado onde Édipo tem agora a autorização, também dos homens, para permanecer. (vs. 750 a 805)

Coro: "Neste lugar de bons corcéis terás
O paradeiro mais belo, estrangeiro, que
Existe na terra: Colono, a clara.
Aqui o rouxinol, constante hóspede,
Entoa sempre o canto harmonioso no
Fundo destes vales muito verdes;
Seu vinho é feito na hera sombria,
Inviolável ramagem do deus, ...
Aqui passam as águas que nunca
Param nem baixam do vagabundo Céfiso, ...
Cresce uma árvore somente aqui...
Capaz de refazer-se por si mesma..."

É notável que este lugar, por todos temido, seja de beleza e glória tão extraordinárias. E o sentido é claro: onde grassa a verdade, a beleza é inesgotável; mas é o lugar mais temido pelos homens, justamente porque desconhecem a beleza do ser verdadeiro. E é justamente isto que Édipo não teme, porque conquistou-a através de sua árdua iniciação.

Neste momento, enquanto o coro entoa essa glorificação ao local sagrado onde Édipo permanece, Antígona pressente a aproximação de Creonte com sua escolta (v. 810), que entra iniciando um discurso persuasivo. Inicia-se a terceira parte da peça: (vs. 815 a 850)

Creonte: "Nobres senhores, habitantes desta terra,
Percebo em vossos olhos um receio súbito
Em face de minha chegada. Não temais

E não pronuncieis palavras agressivas,
Pois não estou chegando com más intenções...
Mandaram-me, considerando a minha idade,
Para persuadir este homem que acolhestes
A regressar comigo à cidade de Cadmo;
Não me mandou até aqui um homem só:
A determinação partiu de todo o povo. (sic)
Por ser parente me incumbiram os tebanos de
Partilhar os males deste infortunado." (sic)

Sófocles não poderia escolher melhor exemplo de demagogia e hipocrisia. E prossegue nos mesmos versos:

Creonte: "O povo cadmeu unânime te chama, justamente,
E mais que todos, eu; e isso é muito natural,
Pois só se eu fosse a mais ignóbil de todas
As criaturas, não me comoveria com tua desgraça, ... (!)
Mas, já que é de todo impossível disfarçar
Essa evidência, livra-nos os olhos, Édipo,
Desse espetáculo definitivamente!
Consente em regressar agora à tua pátria..."

Assim, no melhor estilo demagógico, Creonte revela no final (é sempre no final...) suas intenções. Quer Édipo de volta a Tebas, porque ele agora traz a proteção dos deuses (esta parte final ele não confessa, naturalmente).

Mas Édipo não confia e já sabe que Creonte é um demagogo embusteiro: (vs. 855 a 910)

Édipo: "Tu, que te prestas a qualquer atrevimento
E tens o dom de transformar numa trapaça
Com aparência enganadora o mais honesto
De todos do propósitos, por que vieste até
Aqui tentar pela segunda vez armar uma cilada
Em que minha captura seria ainda mais penosa?"

E Édipo prossegue:

Édipo: "... Logo que viste [no passado] o fim de minhas
Aflições e que já me agradava estar em minha
Casa, então quiseste repelir-me e me expulsaste...

Mas, que prazer é este de amar as pessoas
Contra sua vontade? ...
Não te pareceria vão este prazer? Estás me
Oferecendo exatamente isso: bens em palavras,
Males na realidade."

Evidencia-se aqui o falso herói que é Creonte, cujas palavras estão desvinculadas da realidade, como já vimos anteriormente. E logo Édipo trata de desmascará-lo, nos mesmos versos:

Édipo: "Não vens buscar-me para me reconduzir à
Minha casa, e sim para me abandonar nas
Imediações das fronteiras de Tebas, salvando
Assim tua cidade dos perigos que lhe
Sobreviriam vindos desta terra."

E, na condição de iluminado, lança o terrível vaticínio sobre Creonte e seus filhos Etéocles e Polinices:

Édipo: "Teu destino, entretanto, não é este;
É ver meu nume vingador fixar-se para
Sempre neste lugar, e o destino de meus
Dois filhos é conseguir de minha terra
O necessário para morrerem...
E hoje chegas aqui, com a boca mentirosa
E com a língua afiada, mas tuas palavras
Hão de trazer-te mais males que benefícios."

Assim, Sófocles prepara com este vaticínio de Édipo o tema de "Antígona" – na qual toda a maldição de Tebas recairá sobre Creonte.

Finalmente Édipo adverte-o que deverá se retirar: (v. 925)

Édipo: "Advirto-te em meu nome e em nome
Dos presentes, retira-te! Não deves
Demorar aqui, espionando o lugar onde morrerei."

Mas Creonte não hesita em valer-se de todos os meios disponíveis para atingir os seus fins. Declara então já ter capturado uma de suas filhas e que logo a outra cairá em suas mãos. (v. 930) Segue-se a disputa por Antígona entre Creonte e o Corifeu. Teseu retirara-se e não há ninguém que possa detê-lo. Sófocles vale-se deste momento para colocar na boca de Creonte uma das mais demagógicas e nacionalisteiras declarações patrióticas: (vs. 965 a 970)

> **Creonte:** "Estás querendo sobrepor-te à tua pátria
> E a teus amigos, cujas ordens
> Cumpro aqui embora seja rei. Pois bem!
> Triunfa agora! Com o tempo compreenderás
> Tenho certeza – que não estás servindo
> À tua própria causa quando ages contra
> A vontade de tua gente..." (sic)

É flagrante a falta de formação ética e espiritual em Creonte e é evidente que seu mau-caráter é um espelho dos governantes demagogos de Atenas do final do V séc. a.C., por oposição a Teseu, que é o espelho da glória dos governantes do passado. Nos versos seguintes, Sófocles retoma a questão dos crimes cometidos por Édipo – matar o pai e desposar a mãe – com uma força renovada. Inúmeras são as questões que nos saltam à mente. Por que é culpado, se matou sem saber? Por que é culpado, se foi condenado pelos deuses antes mesmo de nascer? Por que é culpado, se cometeu o incesto sem saber?

Mas, é próprio da condição humana que nunca sejamos consultados: se desejamos nascer, de quem desejamos nascer, quando desejamos nascer, quem desejamos como pais. E quantas questões mais qualquer mortal não fez depois, muito depois de nascer, além destas? Não há nada que se possa fazer, para alterar essa rota do destino determinada pelos deuses. O homem está condenado a nascer não sabendo e sua única possibilidade é o árduo caminho do desvendar e do conhecer.

As palavras de Édipo nestes versos colocam-nos ainda diante da comparação árdua entre o homem que não sabe e duramente aprendeu – Eis o ímpio, eis o mau-caráter, revelado em toda a sua nudez, na figura de Creonte. Eis algumas das notáveis passagens do discurso de Édipo: (vs. 1105 a 1175)

> **Édipo:** "Ah! Infeliz de mim! – sem qualquer culpa
> Minha, para a satisfação dos deuses,
> Ressentidos – quem sabe? – há muito
> Tempo com meus ancestrais; em mim não
> Acharias sequer um pecado que me difamasse
> E me fizesse merecer a acusação de provocar
> Todos os outros que por acaso cometi contra
> Mim mesmo e contra os meus parentes sem me
> Aperceber."

É claro aqui o tema do pecado original e do paraíso perdido. Os ancestrais de Édipo são uma metáfora dos ancestrais de todos os homens. Por isso, estamos condenados, antes mesmo de nascer, a nascer sem saber as respostas de todas as questões acima mencionadas.

A questão do roubo do fogo de Prometeu é inserida aqui por Sófocles revelando-nos que se trata de uma conquista que custou caríssimo aos homens e a seus descendentes. E por quê? Porque o titã Prometeu "quis dar aos homens mais do que eles mereciam". (Os Trabalhos e os Dias", Hesíodo). E por que era mais do que eles mereciam e portanto deviam ser castigados? Porque roubaram o fogo (a luz da inteligência) mas não a medida do seu uso. Assim, deverão aprender a medida de seu uso, a justa medida (a Dyke), que será aquilo que mais arduamente e a contragosto conquistarão, ou seja, a verdade em sua tripla manifestação: a nobreza, a beleza e a bondade.

Sófocles mostra-nos ainda, na voz de Édipo e nos mesmos versos, a fundamental diferença entre o homem que sofre e luta por sua dignidade e aquele que age deliberadamente, buscando apenas seus próprios interesses em detrimento de qualquer valor ético:

Édipo: "Agora explica-me: se por meio do
Oráculo a voz de um deus disse ao meu
Pai que um filho seu um dia o mataria,
Como poderias condenar-me por essa morte
Justamente a mim, que ainda não tinha
Sequer nascido."

E prossegue em sua justificativa de não saber:

Édipo: "Vi-me diante de meu pai, fui obrigado
A enfrentá-lo e o matei sem ter a mínima
Noção do que fazia e sem saber também
Quem era a minha vítima."

E desfere contra Creonte revelando seu caráter ímpio:

Édipo: "Ao menos uma coisa eu sei: difamas-nos
Deliberadamente (...)
Achas conveniente ainda enaltecer o
Nome de Teseu e seu modo louvável de
Governar a sua terra, mas ignoras em
Meio a tantos elogios que, se existe uma

> Cidade cuidadosa dos deveres em relação
> Aos deuses mais do que qualquer outra,
> Ela se chama Atenas."

Naturalmente Sófocles, ao mesmo tempo em que nos indica o caminho do herói do verdadeiro rei, não está falando da Atenas sua contemporânea, que justamente pretende aqui ironizar!

Ordena a seguir Teseu que Creonte entregue as filhas de Édipo e que parta, dando-lhe ainda uma lição de moral: (vs. 1185 a 1210)

> **Teseu:** "Tesouro obtido pela astúcia desonesta
> Não se conserva, (...) trata de marchar."

São trazidas então de volta as filhas de Édipo, cujo reencontro é descrito nos vs. 1275 a 1300.

Dirige Édipo seu agradecimento a Teseu, enaltecendo sua grandeza de verdadeiro herói: (v. 1305)

> **Édipo:** ..."Suplico aos deuses que te protejam
> E ao teu povo como quero, pois entre vós,
> Acima de todos os homens, encontrei piedade,
> Retidão, e lábios avessos à mentira;"

Teseu agradece, mas pede a Édipo que lhe esclareça certos rumores, introduzindo-nos assim na quarta parte da peça: o encontro de Édipo com seu filho Polinices. (vs. 1345 a 1350)

> **Teseu:** "Disseram-me que há um forasteiro,
> Apresentando-se não como teu concidadão,
> Mas como teu parente"

Édipo logo descobre que se trata de seu filho e Sófocles lança-nos mais uma vez o tema do filho maldito. É Polinices agora que arma uma cilada para o pai. (vs. 1365 a 1375)

> **Édipo:** "Ah! Soberano! Ele é meu filho detestado.
> Suas palavras me fariam sofrer mais que
> As de qualquer outra pessoa neste mundo."

E prossegue Édipo em sua lamentação:

Édipo: "A sua voz, senhor, tornou-se odiosíssima
Aos ouvidos de um pai. Não deves constranger-me
A concordar contigo quanto ao teu pedido."

O pedido de Teseu é que Édipo, na condição de suplicante no solo sagrado em que está, não pode se recusar a falar com quem a ele deseje se dirigir. E é este o desejo de Polinices transmitido ao rei. Antígona tenta persuadir seu pai e acalmá-lo ao mesmo tempo: (vs. 1385 a 1395)

Antígona: "Que risco pode haver em ouvi-lo falar? (...)
Tu o geraste; logo, ainda que ele fosse
Fazer-te as mais impiedosas vilanias, não
Terias o direito de retaliar, tratando-o
Com maldade. Numerosos pais já puseram
No mundo filhos celerados."

Édipo cede a contragosto, pedindo apenas a Teseu que o proteja (v.1415). Segue-se uma reflexão do coro sobre a justa medida e a condição humana, na qual Sófocles retoma as desditas da Idade do Ferro (juventude, velhice, doença etc.) (8) descritas por Hesíodo em "Os Trabalhos e os Dias", em eloquente paráfrase: (vs. 1420 a 1460)

Coro: "Quem não se satisfaz com um quinhão
Normal da vida e deseja um maior,
Parece-me em verdade um insensato.
Dias sem número nunca reservam a ninguém
Nada mais que dissabores mais próximos
Da dor que da alegria (...)
Desde o momento em que nos abandona
A juventude, levando consigo a inconsciência
Fácil dessa idade, que dor não nos atinge
De algum modo? Que sofrimentos nos serão
Poupados? Rixas, rivalidades, mortandade,
Lutas, inveja, e como mal dos males a
Velhice execrável, impotente, insociável,
Inimiga, enfim, na qual se juntam todas
As desditas."

É necessário viver além da conta? Este apego traduz-se em dor e, mais ainda, em velhice árdua.

Antígona anuncia a seguir a chegada de Polinices (v. 1465) que, entrando em cena, abre grandiloquente discurso, diante do qual Édipo se recusa a qualquer manifestação: (vs. 1465 a 1580)

Polinices: "Ah! Meninas! Que faço? Chorarei primeiro
Por minha própria desventura, ou pela dele,
Meu pai idoso, que já posso ver ali?"

Recita a seguir um "mea culpa" por seu descaso pelo pai, na esperança de ser reconhecido como redimido de seus pecados:

Polinices: "Eu, o maldito, fico a par desses horrores
Tarde demais, e testemunho que provei
Ser o pior dos homens todos no tocante
Aos cuidados para contigo; de mim mesmo,
E não de outro qualquer, fica sabendo disso."

Mas Édipo nada responde, o que desespera Polinices:

Polinices: "Por que não falas? Diz alguma coisa,
Pai, não te afastes de mim..."

Antígona aconselha-o então a expor os motivos de sua vinda:

Antígona: "Revela-lhe, infeliz, tu mesmo, o que
Te obriga a vir aqui;"

Polinices vê com bons olhos o conselho de sua irmã:

Polinices: "Então falarei tudo; (...) Fui banido
De minha terra e me exilei por ter
Querido como filho primogênito subir
Ao trono e reinar soberanamente.
Por isso Etéocles, apesar de mais jovem,
Expulsou-me de minha pátria (...)
Parece-me que a causa dessa usurpação
Foi antes de tudo a tua maldição,
Como também revelam os próprios oráculos."

Descreve a seguir o exército que formou com a ajuda de seu sogro Adrasto (rei de Argos), para marchar contra Tebas, dando origem ao conhecido episódio dos sete generais, que lutaram nos sete portões de Tebas. (9)

E prossegue Polinices, em sua explicação dos motivos que o trouxeram até seu pai:

> **Polinices:** "Continuando, por que vim até aqui?
> Para fazer-te como suplicante, pai,
> Uma prece em meu próprio bem e ao
> Mesmo tempo, em nome de meus aliados,
> Que sitiam agora mesmo, com seus sete
> Contingentes e sete chefes, Tebas e
> Sua planície."

Passa então a descrever os sete chefes de seu exército, declarando-se ele próprio o sétimo. Vale lembrar que, para os antigos, o número sete tinha grande valor iniciático, representando a mais alta conquista espiritual. Era considerado o número de Apolo por excelência, na escola pitagórica e em toda religião antiga tinha grande valor. Não deixa de ser irônico que Sófocles faça Polinices declarar ser ele próprio o sétimo.

E prossegue Polinices em sua súplica:

> **Polinices:** "... Imploramos que diminuas o grave
> Ressentimento contra teu filho, no
> Momento da partida para vingar-se
> De um irmão usurpador que o despojou
> De sua pátria. Se devemos dar crédito
> Aos oráculos, o vencedor será aquele
> Que obtiver o seu apoio."

Pois sim! Agora lembrou-se que seu pai existe – agora e somente agora que dele precisa. Ah! Esse eterno "interesse" pelos pais desta espécie de filhos...

Neste momento, Sófocles faz um parênteses no discurso ufanista de Polinices, para colocar-nos diante de uma reflexão da condição do exilado, através de sua própria fala:

> **Polinices:** "Que sou aqui? Simples pedinte, um
> Exilado, como tu mesmo, um estrangeiro.
> Ambos tivemos destino igual, sempre
> Lisonjeando os outros."

A reflexão aqui contém uma fenomenologia da condição do exilado. Sua essência é a súplica e a lisonja, sem as quais o exilado sequer pode tentar existir. Mas esta mesma condição contém um engodo. Trata-se do uso da lisonja e da súplica sim, essência do exilado mas eterna fonte de mal-entendidos também. Por outras palavras, aquele que suplica e lisonjeia entrega sua vida ao poderoso, em sinal de reconhecimento de sua condição de estrangeiro, é portanto impotente para viver por seus próprios meios. Ou então, maldição das maldições, vale-se da lisonja e da súplica para que aquele que detém o poder abra suas portas e o suplicante arrebate-o à força, saqueie-o até a morte, pois a doçura da súplica e da lisonja tornaram-no desatento e presa fácil daquele que, disfarçando impotência, desfere o cutelo pelas costas.

Não, Polinices mente mais uma vez ao declarar que "ambos tivemos destino igual, sempre lisonjeando os outros." Embora seja verdade que ambos passaram a vida lisonjeando e suplicando na condição de exilados, Édipo o faz em sinal de humildade e reconhecimento de sua condição perante os deuses e o destino, enquanto que esta mesma lisonja é em Polinices não mais que a sedução da serpente que encanta para matar.

O final do longo discurso de Polinices acaba por desmascarar suas intenções:

> **Polinices:** "Mas, se eu contar com teu apoio em meus
> Propósitos, dentro de pouco tempo e com
> Pouca fadiga poderei dispersar aos ventos
> Suas cinzas. Em seguida regressarás
> Ao teu palácio, e a ele voltarei também,
> Logo depois de ser forçado a deixá-lo
> (Refere-se a seu irmão Etéocles).
> Se for teu desejo, já posso alardear triunfo,
> Mas sem ti, não sei sequer se sobreviverei à luta."

Eis a oferta do filho: Dá-me a vitória que te levarei para casa, de volta a teu palácio. Mas Édipo sabe muito bem que tem os deuses a seu favor, não os trocará por um palácio! Amargurado com o discurso do filho, responde-lhe certeiro em seu desnudar da verdade. Trata-se de um dos pontos altos da peça, este discurso que Sófocles coloca na fala de Édipo. Inicia declarando que somente responderá porque fora o próprio Teseu que a ele o encaminhara: (vs. 1585 a 1650)

> **Édipo:** "Ah! Chefes desta terra! Se o próprio
> Teseu não o tivesse encaminhado a mim aqui,
> Considerando justo que ele recebesse uma
> Resposta minha, este homem não teria ouvido
> A minha voz."

E dirigindo-se a seu filho, responde:

Édipo: "Perverso, que quando tiveste o cetro e
O trono usufruídos hoje por teu próprio
Irmão em Tebas, expulsaste, tu mesmo, teu pai
E o transformaste simplesmente num
Apátrida coberto por estes andrajos, cujo
Aspecto te leva às lágrimas, porém somente
Agora que vives nessa angústia semelhante
À minha! (...)
É tua a culpa se vivo nesta miséria,
Pois me expulsaste, (...)
Etéocles e tu nasceram de outro pai,
E não de mim."

Não bastassem tantas desditas, Édipo enfrenta agora mais uma, a última de sua árdua peregrinação, que é ter um filho que o expulsara de sua pátria quando lhe convinha e que vem lisonjeá-lo e suplicar-lhe quando, mais uma vez, lhe convém. Não hesita então em lançar sua maldição derradeira sobre seus filhos homens:

Édipo: "Ouve bem: jamais poderás conquistá-la;
Antes morrerás sangrentamente e teu irmão
Cairá contigo. É esta a maldição
Que vos lancei há tempo e reitero agora
Para a vossa ruína, pois só assim achareis
Justa a reverência em relação a quem vos deu
A existência.É injusto o menosprezo por
Vosso pai cego que vos gerou assim;"

E repete o vaticínio terrível:

Édipo: "Queiram os deuses que (...) ferido pela mão
De teu irmão usurpador, morras e ao mesmo
Tempo o mates!"

Finaliza ordenando com ironia que se retire e que "revele aos cadmeus... o que Édipo está atribuindo a seus dois filhos". É sempre com repulsa que constatamos a possibilidade tão frequente de nos deparamos com filhos ingratos e malditos. A modernidade acostumou-se tanto à falácia de que os pais são sempre os culpados de os filhos serem deste ou daquele modo, que nos esquecemos que, por detrás desta aparentemente grandiosa declaração de "mea culpa", reside muitas vezes um doce delírio narcisista de que "eu como pai tudo posso com meu filho". E no outro extremo encontramos uma execrável aceitação de que os filhos tudo podem – os "pobrezinhos" – e nós os pais somos sempre responsáveis pela sua felicidade ou infortúnio.

É ingênuo, ingênuo demais, desprezar que, acima de tudo, pode estar pesando mais na balança o destino individual de cada ser humano; que os pais podem destruir ou construir, mas nem sempre são os únicos responsáveis, nem sempre tem poderes para tanto. Remete-nos novamente Sófocles a este tema multimilenar: a impotência dos pais frente ao destino traçado pelos deuses.

Polinices compreende então que nada mais pode fazer e suplica à sua irmã Antígona que ao menos dê-lhe uma sepultura, introduzindo-nos assim Sófocles ao tema central de "Antígona". (vs. 1655 a 1665)

> **Polinices:** "Ai de mim por minha viagem fracassada! (...)
> E só me resta agora marchar em silêncio para
> Enfrentar o meu destino inelutável!
> Ah! Filhas dele! Ah! Minhas queridas irmãs!
> Ao menos vós, que ouvistes as imprecações
> Impiedosas deste pai, não me afronteis.
> Em nome de todos os deuses vos suplico:
> Se um dia sua maldição se consumar e se
> Tiverdes meios de voltar a Tebas, dai-me
> Uma sepultura e oferendas fúnebres!"

Antígona ainda tenta evitar a destruição de seu irmão: (v. 1675)

> **Antígona:** "Ordena ao teu exército que volte a
> Argos tão depressa quanto possível"

Mas a soberbia e a imbecilidade sempre serão a marca notável dos poderosos, que não hesitaram nunca em ceifar vidas, para moldar a realidade a seus desvarios. Assim é a resposta de Polinices: (v. 1690)

> **Polinices:** "Não vou ser mensageiro de notícias más,
> Pois um bom comandante divulga somente os
> Fatos favoráveis e cala os funestos." (!)

Parte Polinices e o coro chama-o de "estrangeiro cego" numa clara alusão à cegueira, pela qual Édipo também passara. Só que a dele iluminou-lhe o caminho, enquanto que a de seu filho o matará. (vs. 1720 a 1725)

Coro: "Chegam-vos novos males dolorosos vindos
Também deste estrangeiro cego, a não ser
Que o próprio destino atinja agora a sua
Meta, pois eu mesmo nunca diria que jamais
Os deuses tomam em vão suas decisões."

Neste momento, ouve-se um trovão que é interpretado por Édipo como um sinal de Zeus. Entramos agora na quinta e última parte da peça, na qual inicia o herói sua ascensão em direção à imortalidade. Note-se que, de cego, passará nestes momentos finais a ser o guia dos homens. (vs. 1730 a 1740)

Édipo: "O raio alígero de Zeus me levará dentro de
Alguns instantes para o outro mundo.
Agi! Mandai buscar Teseu sem perder tempo!"

Pergunta-lhe Antígona que segredo pretende confiar ao rei, ao que Édipo responde: (v. 1765)

Édipo: "Em retribuição a tantos benefícios
Quero prestar-lhe num sinal de gratidão
Um favor ponderável que lhe prometi ..."

Entra a seguir Teseu, que se prepara para receber as profecias de Édipo: (vs. 1795 a 1800)

Teseu: "Convences-me, pois sei que já fizeste
Muitas e nunca desmentidas profecias, Édipo
Diz agora o que me compete fazer."

Entramos agora no ponto culminante da peça. Livre de seus detratores, livre de todas as estradas abissais, Édipo prepara-se agora para a apoteose. Nesses setenta versos que se seguem, Sófocles brindou-nos com uma das mais iluminadas reflexões mistagógicas acerca do caminho para a reconquista da imortalidade. Tentaremos aqui esclarecer esta complexa passagem, tanto quanto nos permitem nossos parcos conhecimentos acerca dos Mistérios de Elêusis (vs. 1800 a 1870)

Édipo: "Dir-te-ei, filho de Egeu, qual será
O tesouro que deveis preservar, tu e tua
Cidade, imune aos males inerentes à velhice."

Só não é imune aos males da velhice aquilo que é feito de ouro. Trata-se do ouro espiritual que para os antigos era a Dyke, a justa medida, em contraposição ao ferro que era a condição humana que se carcome.

> **Édipo:** "Agora vou mostrar-te sem guia nenhum
> O pedaço de terra onde devo morrer.
> Em tempo algum, porém, poderás revelar
> A qualquer outro homem o lugar oculto,
> Nem mesmo a região onde ele se situa, se
> Queres que eu te envie no futuro ajuda
> Igual à de escudos e lanças (...)
> Conhecerás mais tarde o mistério sagrado
> Lá no local, só tu, pois nem eu mesmo posso
> Transmiti-lo a nenhum de teus concidadãos."

O lugar secreto da morte de Édipo será a fonte de energia sagrada que gerará e protegerá a grandeza de Atenas (a arcaica e não a do séc. V a.C.).

Nesses versos, Sófocles torna claro que a glória de sua cidade foi conquistada graças ao culto do sagrado, e não da força e da arrogância:

> **Édipo:** "Cidades sem número, apesar de bem
> Governadas, muitas vezes adotam a arrogância
> Em relação a outras. Porém o olhar dos deuses,
> Embora demore, descobrirá aquelas que,
> Contrariando a divina vontade, agem com violência.
> Cuida, filho de Egeu, de evitar esse mal."

Declara então Édipo que agora é ele que "vê". Além disso, sabe aonde ir para morrer, pois tem a luz de Apolo e conhece o caminho de Hermes.

> **Édipo:** "Vamos, filhas, assim – hoje o guia sou eu,
> Estranho, certamente, porém tão capaz quanto
> Fostes até agora para mim. Vinde, não me
> Toqueis; deixai-me descobrir, eu mesmo, o
> Túmulo sagrado onde o destino impõe que me
> Sepultem nesta terra amiga. Avançai
> Por aqui, assim! É por aqui que me conduzem
> Hermes, guia dos finados, e a deusa dos infernos." (10)

Sófocles recorda-nos que cada um deve descobrir por si mesmo o caminho sagrado, que nos leva à morte (transcendência) e que este caminho se encontra, mesmo que sejamos cegos.

Glorifica então o coro o destino de Édipo: (v. 1855)

> **Coro:** "Amarguras sem conta o abateram, sem
> Culpa sua, mas a divindade vai premiá-lo
> Honrando-o novamente."

Chega um mensageiro declarando a sua morte e a conquista da vida eterna: (vs. 1870 a 1875)

> **Mensageiro:** "Posso dizer-vos em resumo, cidadãos:
> Édipo já morreu; (...) Ficai sabendo:
> Ele acaba de conquistar a vida eterna." (11)

O bode expiatório – Édipo – foi recompensado pelos deuses pela sua conduta paradigmática, com a conquista da imortalidade. Veio à terra para ensinar o que não deve ser feito (Édipo Rei) e o que deve ser feito (Édipo em Colono).

Passa então o mensageiro a descrever a apoteose de Édipo: (vs. 1880 1 1970)

> **Mensageiro:** "... Não ia à sua frente nenhum de seus amigos;
> Nosso guia, então foi Édipo (...)
> Suas filhas (...) o lavaram e o vestiram
> Com roupas cerimoniais. Logo depois de
> Ele ter a satisfação de sentir-se como
> Queria, e no momento em que nada mais desejava,
> Ressoaram os trovões de Zeus Infernal; (...)
> Subitamente uma voz se elevou chamando-o;
> Num instante os cabelos dos três se arrepiaram
> Quando se ouviu a voz insistente do deus:
> Por que tardamos tanto a pôr-nos a caminho,
> Édipo? Fazes-te esperar há muito tempo!"

Ao aperceber-se do chamado divino, chamou Teseu e a ele entregou suas filhas. E prossegue o mensageiro em seu relato:

> **Mensageiro:** "Quando nos afastávamos, logo depois, olhamos
> Para trás e notamos que Édipo já não estava
> Lá; vimos somente o rei com as mãos no rosto
> Para proteger os olhos diante de alguma visão
> Insuportável. (...) desapareceu sem
> Lamentar-se e sem as dores oriundas de doenças,
> Por um milagre inusitado entre os mortais."

Assim partiu Édipo, o eleito filho dos deuses. Milênios antes de Cristo, o Messias que morrera para mostrar o caminho aos homens – eterno tema do bode expiatório – percorria a terra e conquistava a imortalidade. Vale sempre lembrar que o mito de Édipo, quando foi apresentado na versão de Sófocles no séc. V a.C., já era milenariamente conhecido em toda a Grécia. Vemos assim que a tradição de Cristo é na verdade "pré-cristã" e pertence àquilo que a igreja ironicamente chamou de paganismo. Na verdade é deste paganismo que nasceu e foi copiada a tradição judaico-cristã; e este paganismo é a mais sagrada das tradições e somos nós os modernos os verdadeiros pagãos.

Finaliza-se a peça ante a negativa de Teseu em permitir às filhas de Édipo que vejam o santo sepulcro de seu pai: (v. 2070)

> **Teseu:** "Mas isto é interdito! (...)
> O próprio Édipo deu-me a incumbência
> De não deixar qualquer mortal chegar às
> Vizinhanças daquele lugar (...)
> Terei de respeitar a sua ordem, para
> Ter uma pátria livre de provações."

• NOTAS DO CAPÍTULO III

(1) TRILOGIA: Não se trata aqui de uma verdadeira trilogia. Cada uma das três peças aqui analisadas, eram parte de outras trilogias que se perderam. Também não sabemos ao certo seus títulos, embora vários autores antigos nos tenham legado a relação das obras de Sófocles. Este arranjo foi consagrado pelos autores modernos pela sua afinidade temática.

(2) TELOS: Assim era chamado o ciclo final das muitas vidas de uma alma que atingia a imortalidade ao final de seu aperfeiçoamento. Este processo se dava através da regeneração da alma em um corpo novo - era a "Metempsicose".

(3) BRONZE: Metal símbolo da primeira era, em que a humanidade perdeu a imortalidade. As outras Eras eram a idade do ouro (imortal), a idade da prata (imortal), a referida de bronze e a idade do ferro, sendo estas duas últimas representativas da condição mortal após a separação entre homens e deuses.

(4) DEMAGOGOS ATENIENSES: Na origem, a palavra demagogo significou durante séculos "o condutor dos demos (clãs)", do grego "demo"- clã- e "agogos" - condutor, formador; era título da maior importância, conferido a um homem sábio. A partir do século V a.C., seu significado passou a ser o mesmo da modernidade - um vendedor persuasivo de ideais falsos e corruptos. Estes proliferavam em Atenas no chamado "século de ouro" pelos historiadores (sic).

(5) A MALDIÇÂO DOS LABDÁDIDAS: Lançada por Apolo a Lábdaco, pai de Laio e este por sua vez pai de Édipo - todos reis de Tebas. Refere-se ao já mencionado rapto de Crespo, mas principalmente à Hybris com que os reis de Tebas governavam. Todos os três nomes significam uma "deformação no andar" que indica que se desviaram do caminho da Dyke proposto pelos deuses.

(6) CADMO E HARMONIA: São os fundadores de Tebas - pais de Polidoro e avós de Lábdaco, sendo ela uma deusa e ele o mais justo dos homens. Os deuses deram-lhe como esposa a "harmonia" e mesmo assim seus descendentes traíram os deuses.

(7) MORTE DIGNA: "Nascer, viver e morrer com dignidade"- este era o mandamento máximo das tradições religiosas arcaicas.

(8) IDADE DO FERRO: Última era cósmica da humanidade representada por este metal que se carcome - símbolo alquímico da condição mortal: nascer, crescer, envelhecer e morrer. Eis a condição aqui na terra depois que os deuses nos abandonaram à nossa própria sorte .

(9) PORTÕES DE TEBAS: Leia-se a este respeito a terceira parte da trilogia "A Tebaida" de Ésquilo - Sete contra Tebas - que relata a disputa fratricida entre os dois filhos de Édipo. A primeira e a segunda parte, infelizmente perdidas, chamam-se "Laio" e" Édipo".

(10) PERSÉFONE: Esposa de Hades, era a "juíza infernal"; com seu cão tricéfalo - Cérbero julgava os mortos, para purificá-los para a próxima vida. Este cão terrível conferia o que o morto fizera em vida, para praticar as três máximas da Dyke: a nobreza, a beleza e a justiça.

(11) VIDA ETERNA: Note-se que nas religiões grega, egípcia, caldáica e hindu, para citar apenas algumas, os homens deveriam retornar à vida muitas vezes - não necessariamente aqui - para se aperfeiçoarem e reconquistarem a imortalidade perdida por sua Hybris.

CAPÍTULO IV

A MISTAGOGIA DE ANTÍGONA DE SÓFOCLES

Antígona foi apresentada pela primeira vez em 441 a. C. Após a morte de Édipo, que Antígona seguira por toda a vida, as duas irmãs - ela e Ismene - retornam a Tebas. Entrementes, seus irmãos Etéocles e Polinices, revezar-se-ão no trono, sendo Etéocles o primeiro a começar a reinar. Ao final do primeiro ano, no entanto, Etéocles não entrega o poder e Polinices procura por todos os meios recuperar o trono. Casa-se então com a filha do rei Adrasto e consegue convencer os chefes argivos a invadirem as sete portas de Tebas. Trava-se uma grande batalha entre os dois irmãos, até que os chefes entrematam-se, sem conseguir penetrar em Tebas. Finalmente, os dois irmãos entrematam-se também. Em vista disso, o tio deles Creonte assume o poder e exatamente na noite seguinte à morte de Polinices e Etéocles, inicia-se o drama. Creonte, tio de Antígona e irmão de Jocasta, anuncia dois decretos fundamentais: proíbe o sepultamento de Polinices e ao mesmo tempo ordena funerais de herói para Etéocles.

O tema fundamental da peça procura antepor o direito cósmico (direito natural dos deuses) ao direito de Estado (dos homens). Novamente a razão dos deuses não é a razão dos homens. Pretende mostrar ainda, que o direito natural e divino pertence às arcaicas leis não escritas, que são muito superiores e mais poderosas que as de qualquer ser humano, que qualquer lei escrita. Pois o que é lei não é necessariamente justo.

Antígona não aceitará que seu irmão Polinices seja abandonado aos cães insepulto, e que o outro seja enterrado com honras de Estado, numa evidente manipulação de que este é o "salvador". Trata-se de uma fabricação de herói e de um "inimigo" para o povo. Os dois devem ser sepultados, pois para os antigos sepultar, ou seja, honrar os pais, parentes etc., é um ato fundamental de sagração. A lei não escrita exige que ele seja sepultado, não importa como. A lei escrita não tem valor para Antígona, que enfrentará o poderoso rei Creonte, exatamente afrontando-o no seu desafio de não sepultar seu irmão.

Brecht observa que Antígona é um dos maiores poemas do Ocidente, uma vez que retoma o problema fundamental de a ética não ser uma ciência normativa, mas sim intuitiva. Está dentro de cada ser humano e não precisa de nenhuma exegese especial; ela intui-se fundamentalmente e não há lei que possa sobrepujá-la. Ao retomar a questão da tradição oral, mostra-nos a identificação e a aproximação que existe entre a tradição oral e a intuição (1) e a pobreza da escrita e a sua consequente distorção.

Creonte representa o Estado poderoso, que quer fazer a lei dos homens como lhe convém. Antígona representa a dignidade de obedecer, mesmo que às custas de sua própria vida, às leis não escritas. E aqui também aparece uma crítica: nessa época (441 a.C.), as mulheres não iam ao teatro livremente; muitas peças lhes eram proibidas. Estamos numa "falocracia" (2), e este drama desenrola-se em torno de uma pessoa que desafia não só um homem, mas um rei e que é mulher e não é passiva como as da época. Aqui, evoca-se o esquecido caráter heroico e sacerdotal da mulher e essa é uma das críticas que Sófocles faz durante toda a peça.

É um desmascarar e mostra que a lei está dentro de nós, e que não há máscara que possa escondê-la. É o drama do homem frente às leis do divino e às leis da conveniência. Vemos no diálogo entre Antígona e Ismene (3) a contraposição entre a covardia e a comodidade de viver bem no palácio e a ousadia de enfrentar a morte por um cadáver insepulto. Mais de 2000 anos depois, Jorge Del Vecchio, em sua Filosofia do Direito, ainda recorre a Sófocles para ilustrar ideia semelhante: o confronto entre legalidade e justiça. Antígona é uma tragédia ética por excelência.

A peça pode ser subdividida em 5 partes:

- **Diálogo entre Antígona e Ismene** – Antígona já tem a tradição de uma iniciada. Acompanhou seu pai Édipo, aquele que paradigmaticamente morre para nos ensinar, e que representa para os antigos algo próximo ao que Moisés é para a tradição judaica e Cristo significa para a tradição cristã, ou seja, Édipo é um herói. É o caminho da luz e por isso cega-se, porque abandona o caminho do ver concreto e parte para o caminho iniciático. Nasce a terceira visão, a luz de Apolo, e Antígona é a única dos filhos que a segue. Ela tem claro para si o Enigma da Esfinge e em nenhum momento abre mão de suas crenças: é a questão da honra mesmo às custas da vida (conceito arcaico de morrer dignamente).

• **O Sagrado do enterrar** – Inicia-se o contraponto entre Antígona e Creonte. Ela quer a qualquer custo que seja mantida a honra, pois não há sentido maior na vida do que ter uma morte honrada. Mais uma vez, retoma o tema do herói: procurar a morte ao nível sacro.

• **Diálogo entre Hêmon e Creonte** – Contrapõe-se aqui a obediência cega à coragem de ser com sabedoria. Hêmon primeiro mostra-se submisso e depois lentamente chama o pai à razão.

• **O desespero de Creonte** – Sua solidão e o confronto com o adivinho Tirésias: amaldiçoa o adivinho, mas nada pode ser feito quando já não há mais controle. Creonte tenta puxar a corda para trás, mas a corda do destino não se puxa mais depois de certo tempo. Agora passa a ser ele, o poderoso, arrastado pelos fatos. Quando decide parar, encontra seu filho morto ao lado de Antígona. Morta também, ao retornar ao palácio, encontra a esposa. Revela-se aqui o sentido prometéico (4), pensar antes de agir; de nada adianta pensar depois. E Creonte é epimeteico aqui, ou seja, custa a tomar consciência.

• **Creonte cai em si** – Mas é tarde – quão difícil é a arte de aceitar a lição do destino! E a desgraça não para aí: a esposa mata-se ao saber da morte do filho e no verso final temos a sagração cantada pelo coro, na qual são mostradas as diferenças entre homens e deuses mais uma vez.

Retomando, na oposição entre Antígona e Ismene (versos 95 a 105), podemos ver a luta entre covardia e Dyke, e a questão da essência versus aparência; é o que Antígona quer mostrar. No verso 105, aparece a questão fundamental da honra perante a morte e a crença na sequência e no futuro. Sua vida hoje responde pelo seu futuro além-vida e se coloca claramente nesta posição heroica de Antígona, que deve ter causado estremecimento na Atenas decadente e falocrata do V séc. a. C. Logo a seguir, no verso 275, vemos a mesma covardia retomada pelo guarda e a ironização sobre a legalidade: o defensor da lei primeiro cuida de salvar a própria pele. A ironia continua no diálogo entre Creonte e o guarda, que disputam para ver quem disfarça melhor a vergonha do poder (verso 365). E vemos como Sófocles antepõe a questão da honra com o guarda. Ele faz com que sua lei seja imposta, quando todos sabem da hipocrisia que a gera.

A seguir, mandam chamar os guardas (pois o corpo amanheceu coberto) e inicia-se a briga clássica. Nos versos 505 a 540, chamam Antígona; sabem que foi ela que cobriu o corpo. No diálogo entre ela e Creonte, ela se declara publicamente autora do fato e sublinha sua transparência. Aqui se vê a responsabilidade do homem perante o divino e perante a sociedade e surge a pergunta: é ela (a sociedade) o reflexo das leis divinas ou é ela justamente a deturpadora dessas leis?

A peça atinge uma dimensão ainda maior com a entrada de Hêmon, que enfrentará Creonte (verso 780). Hêmon inicia jurando a cega obediência que todo filho deve a seu pai e a seguir ocorre, lentamente, uma transformação no seu diálogo. O rei não aceita sua pretensão e observamos aqui que o conflito entre sabedoria e juventude já é colocado desde os mais remotos tempos. E o tempo não é condição suficiente para se ser sábio. Há uma crítica de Sófocles contra o conselho de anciãos (gerusia) de Atenas, que nessa época nada mais era que uma aristocracia que manipulava o poder como lhe convinha e que pretendia com isso ser sábia. Segue-se uma discussão notável entre Hêmon e o pai, e os ânimos aceleram-se (verso 830).

Observamos a modernidade do texto e a visão decadente do feminino. Ao final do diálogo, Creonte começa a ficar só.

Quando Antígona se antepõe a Ismene, vemos a imagem de o conformismo antepor-se à limpidez da heroína arcaica, que não existia mais naquela plateia. Hêmon mostra o jovem que ainda procura viver e morrer por um ideal, que não é o amor por uma mulher, mas a dignidade que ela representa. Creonte muito comodamente interpreta isso como capricho e assim vai mostrando sua cegueira, incapaz de ver os reais valores que Antígona representa. E ainda virá Tirésias, para completar seu desespero. O adivinho aparece no verso 1165, quando há um confronto com Creonte. Nesta passagem, observa-se uma dupla crítica de Sófocles: uma é a Creonte, que só quer saber do que lhe interessa e não da verdade e a outra é à situação mais que escandalosa da confederação de Delos e de todos os adivinhos de Delfos, que eram venais nesta época sendo até a Pítia subornada. Era a decadência da religião e do sagrado.

Tirésias deixa Creonte quando ele acaba por cair em si, mas o drama a partir daí desenrola-se completamente fora do seu controle. Já é tarde, corre para salvar, mas encontra Hêmon e Antígona mortos. E existem passagens notáveis de ironia: Creonte havia mandado enterrar Antígona viva – deixando-lhe alguma comida. Se ela sobrevivesse, bem, senão... É que não queria ofender os deuses infernais. Mas quando quer corrigir a situação, encontra a morte cercando-o por todos os lados. E o drama desembesta nesta condição, até que no final ele se considera um desgraçado. Perde sua herança e continuidade. E no verso final, vemos o coro ironizando esta situação: “Destaca-se a prudência sobremodo...” (Prudência – deusa Métis, a que está ao lado de Zeus). Cultivar a divina Métis é condição para felicidade e a sabedoria deve ser cultivada desde a mais tenra idade.

Vemos então em Antígona uma crítica em relação a Atenas e um reviver do sagrado, que é o objetivo de Sófocles. Antígona aparece como sacerdotisa, com todo o valor sagrado da mulher. Ismene é a figura da mulher acomodada e as duas são filhas de Édipo. É que não basta ter pai brilhante para o filho ser brilhante – é preciso estar junto e aprender a transcendência. Ninguém nasce genial ou herói; ele é feito, assim como se faz o imbecil. Antígona é uma heroína por excelência e isso é um tapa na cara de uma Atenas orgulhosa e falocrata, como para nós é ainda hoje.

O papel de Hêmon é um recado ao jovem ateniense: é melhor morrer do que se entregar à situação; não vale a pena viver assim. Antígona morre por um ideal de liberdade, que se une a uma crença sagrada e Hêmon morre junto – eles morrem porque creem. E junto está o amor, pois não se separa dele. Hêmon morre porque vê em sua noiva Antígona a destruição de um valor sagrado e, diante disso, a figura de Creonte só se torna cada vez mais grotesca. O poder esvazia-se, no ridículo – "sozinho, governarás no deserto".

E aqui a tragédia deixa-nos uma lição: O destino do homem que faz as próprias leis é um só – a solidão. E a solidão é, para os antigos, o desfazer-se da união cósmica; é ficar perdido no próprio isolamento – diríamos hoje narcisismo e ou individualismo.

1. ANÁLISE DOS VERSOS:

A peça inicia-se com Antígona lamentando o destino reservado por Zeus aos herdados de Édipo. (vs. 1 a 5)

> **Antígona:** "Minha querida Ismene, irmã do mesmo sangue,
> Conheces um só mal entre os herdados de Édipo
> Que Zeus não jogue sobre nós enquanto vivas?"

É longa a sequência de maldições que recaiu sobre os Labdácidas. Somente Édipo teve a heroica grandeza de abraçar corajosamente o seu destino e agora veremos em Antígona este mesmo caráter heroico. Sem rodeios, comunica à sua irmã as ordens de seu tio e rei Creonte e exige que demonstre sua dignidade. (vs. 30 a 55)

> **Antígona:** "...Proclamou a todos os tebanos
> A interdição de sepultarem ou sequer
> Chorarem o desventurado Polinices:

(...) ele não dá
Pouca importância ao caso: impõe aos transgressores
A pena de apedrejamento até a morte
Perante o povo todo. Agora sabes disso
E muito breve irás tu mesma demonstrar
Se és bem nascida ou filha indigna de pais nobres."

A covardia de Ismene evidencia-se de imediato, porém trata-se de algo mais que falta de coragem; trata-se da repugnante subserviência ao poderoso, enquanto vemos Antígona declarar sua submissão unicamente aos deuses e às suas leis, mesmo que isto lhe custe a vida.

Estar em paz com os homens significa transgredir as leis dos deuses; estar em paz com os deuses significa transgredir as leis dos homens. O que é mais importante para os homens: obedecer a seus semelhantes ou os deuses? (vs. 50 a 90)

Antígona: "Ajudarás as minhas mãos erguerem o morto?"
Ismene: "Vais enterrá-lo contra a interdição geral?"
Antígona: "Ainda que não queiras ele é teu irmão
E meu; e quanto a mim, jamais o trairei."
Ismene: "Atreves-te a enfrentar as ordens de Creonte?"

Revela-se então, em toda a sua nudez, a submissão de Ismene aos homens e sua covardia em cumprir as leis dos deuses:

Ismene: "Peço indulgência aos nosso mortos enterrados
Mas obedeço, constrangida, aos governantes;
Ter pretensões ao impossível é loucura."

Prossegue o diálogo, chegando a um clímax a oposição entre as duas irmãs. Para Antígona, cultuar os mortos é muito mais importante do que cultuar os vivos, pois eles representam a lei mais cara aos deuses: a dignidade do espírito.

Antígona: "Procede como te aprouver; de qualquer modo

Hei de enterrá-lo e será belo para mim
Morrer cumprindo esse dever: repousarei
Ao lado dele, amada por quem tanto amei,
E santo é o meu delito, pois terei para amar
Aos mortos muito, muito tempo mais que aos vivos.
Eu jazerei eternamente sob a terra
E tu, se queres, foge à lei mais cara dos deuses."

Ismene não esconde seu comodismo e submissão a seus concidadãos. Na modernidade, encontramos uma réplica deste execrável conformismo na famosa frase: "Tudo pelo social!"

Ismene: "Não fujo a ela [lei dos deuses]; sou assim por natureza;
Não quero opor-me a todos os concidadãos."(sic)

A fala de Ismene só faz por aumentar a distância entre sua hipocrisia e a dignidade de Antígona. Enquanto a primeira oferece-se para ocultar os planos da irmã, esta atitude só aumenta a ira e o ódio de Antígona (vs. 95 a 105)

Ismene: "Ao menos não reveles a ninguém teus planos;
Oculta-os bem contigo e eu farei o mesmo."
Antígona: "Não faças isso! Denuncia-os! Se calares,
Se não contares minhas intenções a todos,
Meu ódio contra ti será maior ainda!"

Eis a grandeza do herói em toda a sua nudez e audácia. Para ele não basta a intenção e o ato consumado de obedecer às leis dos deuses. É preciso mais do que isto: é preciso declarar em alto e bom som, para toda a humanidade, que está a serviço dos deuses, mesmo que certamente o condenarão à morte para erguer-lhe uma estátua amanhã; é próprio dos humanos não suportarem a força divina presente no herói redivivo. É preciso matá-lo, para tornar assim a sua adoração suportável para os humanos, perdidos em suas mesquinharias materialistas. E prossegue Antígona em sua resposta devastadora a Ismene:

Antígona: "Falando dessa forma ganharás o meu ódio
E te exporás a ser odiada pelo morto
Eterna e justamente. Deixa-me enfrentar,
Nesta loucura apenas minha, esses perigos;
Assim me livro de morrer envergonhada."

Para o herói, não tem sentido uma vida que leve consigo o estigma de uma morte vergonhosa; ela representa uma vida indigna. Para Antígona, para o verdadeiro herói, a questão fundamental é a honra perante a morte e ela reside na fé em muitas vidas, após esta. (5)

Segue-se grandiloquente discurso de Creonte sobre sua "justa" decisão em honrar a morte de Etéocles, "morto lutando pela pátria", (v. 225) e a execração de Polinices "que regressou do exílio para incendiar a terra de seus pais" (v. 230). Sófocles encerra o discurso de Creonte, ao colocar em sua boca palavras que nem o mais justo dos homens ousaria pronunciar – somente os deuses. (vs. 235 a 240)

Creonte: "São estes os meus sentimentos e jamais
Concederei aos homens vis maiores honras
Que as merecidas tão somente pelos justos.
Só quem quiser o bem de Tebas há de ter
A minha estima em vida e mesmo após a morte."

Tem início, no verso 255, o diálogo do guarda com Creonte. Após longo discurso, no qual a preocupação fundamental é defender a própria pele, declara o guarda com deslavado cinismo: (v. 275)

Creonte: "Falar-te-ei primeiro do que me interessa;
Eu nada fiz, nem sei quem praticou a ação;
Qualquer castigo para mim seria injusto."

Ante o medo e a indecisão do guarda, em revelar a Creonte que o cadáver de Polinices fora precariamente enterrado por algum desconhecido, o rei faz-lhe terríveis ameaças, que acabam por soltar sua língua. Sófocles brinda-nos com um espetáculo verborrágico do guarda, no qual não poderiam faltar as célebres "pérolas", tais como: você foi o culpado! Etc. (vs. 300 a 305)

Guarda: "Então brotaram entre nós palavras ásperas
De sentinelas acusando sentinelas. (...) um por um,
Todos nos acusamos uns depois dos outros,"

A seguir, Sófocles tece um diálogo entre o guarda e Creonte, no qual o cinismo e a ironia brilham. Ambos exercem o poder, cada um no seu papel, e disputam quem disfarça melhor a hipocrisia para exercê-lo. Creonte acusa o guarda de deixar-se subornar pelo ouro, num gancho de Sófocles para a corrompida Atenas no V séc. a.C. O guarda por sua vez responde-lhe à altura, colocando em dúvida seu preparo para ser um bom juiz. E aqui Sófocles, além de outro recado para Atenas, prepara o desnudar trágico da hipocrisia do poder. (vs. 340 a 375)

Coro: "Nunca entre os homens floresceu uma invenção
Pior que o ouro; até cidades ele arrasa,
Afasta os homens de seus lares, arrebata
E impele almas desonestas às ações mais torpes
E incita ainda os homens ao aviltamento,
À impiedade em tudo. Mas, quem age assim
Por interesse, um dia paga um justo preço.
(...) simplesmente a morte
(...) não há de ser pena bastante para vós;
Sereis dependurados todos, ainda vivos,
Até que alguém confesse o crime. Sabereis
De quem é vantajoso receber dinheiro (...)"
Guarda: "Permites que te fale, ou devo simplesmente
Dar meia volta e retirar-me neste instante?"
Creonte: "Não vês o quanto a tua voz me ofende agora?"
Guarda: "É nos ouvidos ou na alma que ela dói?"
Creonte: "Por que te esmeras em saber onde é a dor"
Guarda: "O autor te fere o coração; eu, os ouvidos."
Creonte: "Fizeste mais: vendeste a alma por dinheiro!"
Guarda: "Talvez, mas esse feito eu não praticaria...
Ah! É terrível quando, embora preparado
Para ser bom juiz, um homem julga mal!..."

Inicia agora o coro uma exaltação à "maravilha chamada homem", em que a ironia de Sófocles nos atinge. Ao mesmo tempo, ataca os demagogos e arrogantes atenienses, finalizando com uma declaração de impotência do homem, perante a morte como contraponto. E realmente, esta maravilha chamada homem tudo pode – menos dominar a vida e o destino em direção à morte! (vs. 385 a 415)

Coro: "Há muitas maravilhas, mas nenhuma
É tão maravilhosa quanto o homem.
Ele atravessa, ousado, o mar grisalho,
Impulsionado pelo vento sul
Tempestuoso, indiferente às vagas
Enormes na iminência de abismá-lo;
E exaure a terra eterna, infatigável, (...)
Soube aprender sozinho a usar a fala
E o pensamento mais veloz que o vento
E as leis que disciplinam as cidades,
E a proteger-se das nevascas gélidas, (...)
Ocorrem-lhe recursos para tudo
E nada o surpreende sem amparo; (!)
Somente contra a morte clamará
Em vão por um socorro, embora saiba
Fugir até de males intratáveis."

Entra o guarda trazendo Antígona e novamente Sófocles, analisando a conduta do guarda, desnuda sua postura de guardião da lei perante os juramentos. E é justamente ele – aquele que brinca com seus juramentos – que prende aquela que está disposta a morrer pelos seus. (vs. 435 a 455)

Guarda: "Aqui está a autora da façanha; há pouco
Pilhamo-la enterrando-o. Onde está Creonte? (...)
Nada devia ser jurado pelos homens, (...)
Eu mesmo prometi

Que não havia de voltar tão cedo aqui, (...)
Mas, considerando
Que as alegrias, quando não as esperamos,
Nos dão maior contentamento, retornei,
Embora contrariando um juramento meu,
Trazendo esta donzela."

E, para completar seu discurso hipócrita, declara em alto e bom som que o que importa mesmo é salvar a própria pele, mesmo que isto signifique lançar os amigos na infelicidade (vs. 495 a 500)

Guarda: "É bom livrarmo-nos de males mas é triste
Lançar amigos nossos na infelicidade.
Mas, isso tudo para mim neste momento
Importa menos do que a minha salvação."

Passa então Creonte a interrogar Antígona e esta por sua vez assume altiva seus atos, para espanto e incredulidade do rei. (vs. 500 a 510)

Antígona: "Fui eu a autora; digo e nunca negaria." (...)
Creonte: "Agora, diz rápida e concisamente:
Sabias que um edito proibia aquilo?"
Antígona: "Sabia. Como ignoraria? Era notório."
Creonte: "E te atreveste a desobedecer às leis?"

Neste momento, através de Antígona, Sófocles tece um dos mais belos discursos que a antiguidade nos legou, no qual as leis humanas são antepostas às leis divinas – de Zeus. Vemos ainda neste discurso as "leis não escritas", expostas em toda a sua grandeza, por oposição aos decretos reais – escritos. Finalmente, a glória da morte digna é retomada por Antígona, recordando-nos algo tão esquecido: se não é possível viver com dignidade, é melhor a morte. E mais: a morte digna é o coroamento de uma vida permeada pela nobreza – aquilo que os antigos chamavam de conduta heroica. (vs. 510 a 535)

Antígona: "Mas Zeus não foi o arauto delas para mim [as leis],
Nem essas leis são ditadas entre os homens
Pela justiça, companheira de morada
Dos deuses infernais; e não me pareceu
Que tuas determinações tivessem força
Para impor aos mortais até a obrigação
De transgredir normas divinas, não escritas,
Inevitáveis; não é de hoje, não é de ontem,
É desde os tempos mais remotos que elas vigem,
Sem que ninguém possa dizer quando surgiram.
E não seria por temer homem algum,
Nem o mais arrogante, que me arriscaria
A ser punida pelos deuses por violá-las.
Eu já sabia que teria de morrer
(e como não?) antes até de o proclamares,
Mas, se me leva a morte prematuramente,
Digo que para mim só há vantagem nisso.
Assim, cercada de infortúnios como vivo,
A morte não seria então uma vantagem?
Por isso, prever o destino que me espera
De consentir em que ao cadáver de um dos filhos
De minha mãe fosse negada a sepultura,
Então eu sofreria, mas não sofro agora.
Se te pareço hoje insensata por agir
Dessa maneira, é como se eu fosse acusada
De insensatez pelo maior dos insensatos."

A grandeza de Antígona reside justamente em tal desprendimento com que ela entrega impávida o mais precioso dos bens – sua vida – para defender a dignidade de um cadáver – o mais imprestável dos bens materiais. E Sófocles não deixa por menos, quando Antígona devolve a acusação de insensato para o maior dos insensatos: seu rei. O ataque à empáfia e à arrogância de Atenas e seus governantes é por demais evidente; é a insensatez que conduz os destinos daquela cidade. Mais ainda: Sófocles mostra-nos um governante que ridiculariza o heroismo de Antígona, numa metáfora ao que ocorre no presente em sua cidade. O mais alto dos valores helênicos, o heroismo, é desbancado pela demagogia, a mais indigna das condutas humanas e disfarce execrável para o exercício da tirania. (vs. 565 a 580)

Creonte: "Além do mais, odeio quem, pilhado em falta,
Procura dar ao crime laivos de heroismo." (sic)

Antígona: "E quanto à glória, poderia haver maior
Que dar ao meu irmão um funeral condigno?
Eles me aprovariam, todos [os tebanos], se o temor
Não lhes tolhesse a língua, mas a tirania,
Entre outros privilégios, dá o que fazer
E o que dizer sem restrições o que se quer."

E prossegue Antígona em vigorosa discussão com Creonte, na qual mais uma vez, a questão da honra e da morte é desnudada de modo implacável. Sua grandeza heroica revela-se em cada ato e palavra.

É irônico, tragicamente irônico, que alguém seja condenado à morte justamente porque protege e glorifica a própria morte. É a genialidade de Sófocles a arrebatar-nos e não para aí; traça em Antígona um caráter heroico que honra tanto a vida quanto a morte, atacando frontalmente a falocracia ateniense. (vs. 580 a 600)

Antígona: "Não há vergonha alguma em nos compadecermos
Dos que nasceram das entranhas de onde viemos."

Creonte: "E aquele que morreu lutando contra o outro
Também não era o teu irmão, do mesmo sangue?" (...)

Antígona: "Foi como irmão que ele morreu, não como verme."

Creonte: "Destruindo a cidade; o outro, defendendo-a."

Antígona: "A morte nos impõe as suas próprias leis."

Creonte: "Mas o homem bom não quer ser igualado ao mau."

E Antígona responde-lhe, como iniciada da tradição órfico-pitagórica:

Antígona: "Quem sabe se isso é consagrado no outro mundo?"
Creonte: "Nem morto um inimigo passa a ser amigo."

E Sófocles insiste através de Antígona na grandeza do herói:

Antígona: "Nasci para compartilhar amor, não ódio.
Creonte: "Se tens de amar, então vai para o outro mundo,
Ama os de lá. Não me governará jamais
Mulher alguma enquanto eu conservar a vida!"(sic)

Naturalmente, esta "pérola" que Sófocles coloca na boca de Creonte, tem por finalidade atacar a falocracia ateniense.

A seguir, entra Ismene que tenta colocar-se como cúmplice da irmã no ato de enterrar o irmão. Mas Antígona rejeita de modo implacável esta "oferta em compartilhar o sofrimento", pois agora é tarde.

Ismene: "Eu pratiquei a ação, se ela consente nisso;
Sou cúmplice no crime e aceito as consequências." (...)
Antígona: "Os mortos sabem quem agiu, e o deus dos mortos;
Não quero amiga que ama apenas as palavras."
Ismene: "Não me julgues indigna de morrer contigo,
Irmã, e honrar o morto com os ritos sagrados."
Antígona: "Não compartilhes minha morte, nem aspires
A feitos que não foram teus; basta que eu morra."
Ismene: "Que valerá a vida para mim sem ti?"
Antígona: "Indaga de Creonte, pois só pensas nele! (...)
Salva-te, Ismene. Não te invejo por fugires. (...)
A tua escolha foi a vida; a minha, a morte."

E aqui Sófocles retoma a questão da liberdade de escolha do ser. Sim, a escolha existe, mas trata-se de uma escolha entre abraçar o destino, mesmo que isto custe a vida, e fugir do destino, mesmo que isto signifique uma vida indigna. Assim, vemos que existe uma escolha de agir e pensar, mas não há escolha ética. Por outras palavras, o caminho da dignidade – o caminho do herói - é um só e não contém escolha, enquanto que o caminho do covarde e do arrogante contém inúmeras, todas elas possíveis, mas nenhuma verdadeira. Prepara-se agora a entrada do filho de Creonte – Hêmon. O coro canta a felicidade e os males dos homens, enquanto mais uma vez recorda-nos a maldição dos Labdácidas, de não deixarem descendentes. (v. 660)

> **Coro:** "Felizes são aqueles cuja vida
> Transcorre isenta de todos os males,
> Pois os mortais que um dia tem os lares
> Desarvorados pelas divindades
> Jamais se livrarão dos infortúnios,
> Por todas as seguidas gerações (...)
> Vejo as antigas infelicidades
> Da casa dos Labdácidas juntarem-se
> Às novas desventuras dos defuntos,
> E as gerações mais novas não resgatam
> As gerações passadas. (...)
> O pálido lampejo de esperança
> Que sobe sobre o último rebento de Édipo
> Esvai-se agora na poeira
> Dos deuses infernais, ensanguentada
> Pelo arrebatamento das palavras
> E por corações cheios de furor.
> Que orgulho humano, Zeus, será capaz
> De opor limites ao poder só teu."

Aproxima-se Hêmon de seu pai, declarando no início do diálogo cega obediência, obtendo como resposta uma hipócrita apologia do obediente, em mais uma "pérola" que Sófocles oferece aos atenienses e a nós, vinte e cinco séculos mais tarde. (vs. 720 a 775)

Hêmon: "Sou teu, meu pai. Com teus conselhos úteis traças
Minha conduta certa; casamento algum
Me importa mais do que tua reta orientação." (sic)

Creonte: "Deve ser esta, justamente a diretriz
Inquebrantável de teu coração, meu filho:
Ser dócil à vontade do pai em tudo.
Desejam para isso os homens em seus lares
Crianças obedientes que eles engendraram
Para mais tarde devolver aos inimigos
Dos pais o mal que lhes fizeram." (!)

Creonte revela-nos aqui a visão vingativa do poderoso; é a lei de Talião, (6) em seu estado mais bruto e primitivo, que se choca com a visão heroica, que Sófocles coloca em Antígona nos versos 595 a 600: "Nasci para compartilhar amor, não ódio." Creonte segue então em seu discurso, decantando as virtudes da obediência e da "boa ordem".

Creonte: "Estou seguro de que esse homem obediente
Será bom governante como foi bom súdito
E na tormenta das batalhas ficará
Firme no posto, agindo como companheiro
Bravo e leal. Mas a anarquia é o mal pior;
É perdição para a cidade e faz desertos
Onde existiam lares; (...)
A submissão, porém,
É a salvação da maioria bem mandada. (sic)
Devemos apoiar, portanto, a boa ordem,
Não permitindo que nos vença uma mulher."

É um escândalo o conformismo e a demagogia que estão contidos neste discurso, mas não podemos esquecer que Sófocles, ao colocá-lo na boca de Creonte, tinha destino certo: os demagogos governantes.

Segue-se agora um belo discurso de Hêmon, no qual Sófocles antepõe a sabedoria do jovem à insensatez do velho. E nessa sabedoria, vemos a crítica à onipotência do pai, no célebre ditado das árvores flexíveis e finalmente uma exaltação à humildade. (vs. 775 a 820)

Hêmon: "Os deuses, pai, implantam no homem a razão (7)
O bem maior de todos (...)
O teu cenho inspirador de medo impede
Os homens simples de pronunciar palavras (8)
Que firam teus ouvidos (...)
Não tenhas, pois, um sentimento só, nem penses
Que só tua palavra e mais nenhuma outra
É certa, pois se um homem julga que só ele
É ponderado e sem rival no pensamento
E nas palavras, em seu íntimo é um fútil (...)
Não vês, ao lado das torrentes engrossadas
Pelas tormentas, como as árvores flexíveis
Salvam-se inteiras, e as que não podem dobrar-se
São arrancadas com a raiz? (...) (9) E se eu,
Embora jovem, posso dar-te opiniões,
Afirmo que nos homens o ideal seria
Nascer já saturados de toda a ciência, (10)
Mas, se não é assim, devemos aprender
Com qualquer um que fale para o nosso bem."

Sófocles mostra-nos aqui que, acima de tudo, a ética sugerida pelos deuses é um exercício de escuta humilde e principalmente de flexibilidade. Vale notar que até hoje a lição não foi aprendida, uma vez que a rigidez frequentemente confunde-se com caráter elevado e moralidade inatacável, enquanto que a flexibilidade costuma sugerir conduta maleável por não ter princípios éticos.

A discussão entre Creonte e Hêmon caminha rapidamente para um impasse, que só será resolvido pelo uso irracional do poder, por parte de Creonte. Pela empáfia de Creonte, evidencia-se o uso do poder cego contra a justiça (Dyke). (vs. 825 a 860)

Creonte: "Posso, na minha idade, receber lições
De sensatez de alguém da natureza dele?"
Hêmon: "Se houver razões. Sou jovem? Olha mais, então
Para os meus atos que para os meus poucos anos."
Creonte: "Crês que exaltar rebeldes é ato louvável?"
Hêmon: "Eu não te exortaria a respeitar os maus."
Creonte: "E por acaso ela não sofre desse mal?"
Hêmon: "Não falam deste modo os cidadãos de Tebas."
Creonte: "Dita a cidade as ordens que me cabe dar?"
Hêmon: "Falaste como se fosses jovem demais!"
Creonte: "Devo mandar em Tebas com a vontade alheia?"
Hêmon: "Não há cidade que pertença a um homem só."
Creonte: "Não devem as cidades ser de que as rege?"
Hêmon: "Só, mandarias bem apenas num deserto."

E aqui desnuda-nos Sófocles o destino dos poderosos. Sim, é solitário o exercício do poder, mas quanto mais monolítico é quem o exerce, tanto mais abandonado será pelos homens. É tocante reencontrar esta mesma parábola, muitos séculos mais tarde, na imortal obra "O Pequeno Príncipe" de A. Saint-Exúpery, no episódio do planeta onde residia um rei que reinava e tão somente reinava, porque súditos não existiam...

Creonte agora acusa seu filho de ter se aliado a Antígona, não compreendendo que é ele quem ofende a justiça. A peça atinge um de seus pontos altos, pois o que está em jogo aqui é a incompreensão de Creonte em aceitar que alguém possa desafiar sua onipotência; do outro lado, encontramos a singeleza de um jovem pronto a entregar a sua vida, não para a mulher que ama, mas para os mesmos ideais que ela ama e pelos quais também está disposta a morrer. A miopia de Creonte é a daquele que, julgando-se cheio de razão, é incapaz de enxergar o ponto de vista do outro, vendo apenas aquilo que sua pobre percepção pode oferecer-lhe da realidade: Hêmon defende Antígona porque por ela está apaixonado, não importando o que é defendido. É incapaz de compreender que o que está em jogo não é o amor, mas a dignidade de quem ama – e esta independe de quem quer que seja.

Creonte: "Ele parece um aliado da mulher!"

Hêmon: "Se és mulher, pois meus cuidados são contigo!"

Creonte: "Discutes com teu pai, pior das criaturas?"

Hêmon: "Porque agindo assim ofendes a justiça."

Creonte: "Ofendo-a por impor respeito ao meu poder?"

Hêmon: "Tu mesmo o desrespeitas ultrajando os deuses." (!)

Creonte: "Caráter sórdido, submisso a uma mulher!"

Hêmon: "Não me verás submisso diante de baixezas!"

Creonte: "A tua fala toda, ao menos, é por ela!"

Hêmon: "Por ti, por mim, e pelos deuses dos finados!"

Creonte: "Jamais te casarás com ela ainda viva!"

Hêmon: "Pois ela morrerá levando alguém na morte!"

Hêmon retira-se precipitadamente após esta última declaração e Creonte passa a planejar a morte de Antígona e a melhor maneira de ao mesmo tempo não ofender ao deus dos mortos (o único que ela venera, crê em sua curta visão) (vs. 875 a 880)

Creonte: "Levando-a por deserta estrada hei de enterrá-la
Numa caverna pedregosa, ainda viva,
Deixando-lhe tanto alimento quanto baste
Para evitar um sacrilégio; não desejo
Ver a cidade maculada. Lá, em prece
Ao deus dos mortos – único que ela venera –
Talvez obtenha a graça de não perecer,
Ou finalmente aprenderá, embora tarde,
Que cultuar os mortos é labor perdido."

A atitude de Creonte, embora escandalosa, é-nos por demais conhecida e a figura de linguagem "fazer média" retrata com perfeição sua hipocrisia, que busca satisfazer sua vontade e ao mesmo tempo encontrar um meio de evitar encrencas com o deus que ela venera – o deus dos mortos (Hades ou Plutão).

Seguem-se agora as lamentações de Antígona e as respostas do Coro, em que Sófocles brinda-nos com uma notável tessitura do caráter humano, antepondo força e fraqueza ao mesmo tempo, lado a lado. A força e a determinação de Antígona em defender as leis dos deuses e mesmo morrer por elas, não impedem que ela lamente a sua sorte e revele momentos de insegurança e tristeza profundas. Vemos que a grandeza de Antígona faz dela uma heroína e uma mulher ao mesmo tempo, com todos os percalços que o humano contém.

Antígona: "O deus dos mortos, que adormece a todos,
Leva-me viva para os seus domínios
Sem que alguém cante o himeneu por mim,
Sem que na alcova nupcial me acolha
Um hino; caso-me com o negro inferno" (...)
Coro: "É por tua vontade e decisão
Que tu, apenas tu entre os mortais,
Descerás viva à região das sombras. (...)
Será, porém, honroso para ti,
Que agora chegas ao momento extremo,
Dizerem que o destino te igualou aos imortais."

Mas Antígona não compreende a grandeza de seu destino e, mesmo heroína, é tomada de angústia e descrença.

Antígona: "Ah! Vosso escárnio já me está ferindo!
Pergunto pelos deuses padroeiros:
Por que não esperais que eu seja morta
E me insultais assim perante todos?"

Recorda-lhe o coro que "pode ser que na presente provação expies pecados cometidos por teu pai" (v. 955). Antígona confirma, recordando a saga dos Labdácidas, enquanto o coro tenta em vão consolá-la. (vs. 960 a 975)

Antígona: "Trouxeste-me à memória o mais pungente
Dos fatos – o destino de meu pai,
Três vezes manifesto, o de nós todos,

Labdácidas famosos. Ah! Horrores
Do tálamo materno! Ah! Teus abraços
Incestuosos, minha mãe, com o pai
De quem nasci! Como sou infeliz!
E para eles vou assim, maldita,
Sem ter chegado as bodas! Meu irmão
Infortunado! Que união a nossa!
Transformas-me, morrendo, em morta-viva!"

Coro: "Inspiram piedade atos piedosos
Mas o poder, para seus detentores,
Não se sujeita a transgressão alguma;
Perdeu-te a tua índole indomável."

Antígona: "Sem que me chorem, sem amigo algum,
Sem cantos de himeneu sou arrastada
Pobre de mim! – por sôfrego caminho!
Para desgraça minha nunca mais
Poderei ver a santa luz do sol!
E dos amigos nem um só lamenta
Esse meu doloroso fim sem lágrimas!"

Não é só sua desgraça que Antígona chora, mas a de todos os Labdácidas. Sófocles retoma aqui a arcaíssima questão do bode expiatório: exatamente o mais purificado, o mais íntegro, é que será sacrificado para a glória e regozijo dos deuses. Mais ainda: está em jogo a expiação de um crime familiar e novamente paga por ele, exatamente aquele que não o cometeu. A primeira pergunta que salta-nos à mente é: "Que justiça é esta que castiga o inocente e exime de toda a responsabilidade o culpado?" Naturalmente esta questão tem o inequívoco sabor moderno do culto da individualidade e da responsabilidade de seus, e somente seus atos.

Sófocles, no entanto, coloca-nos aqui diante de questões infinitamente mais complexas e a mais evidente evoca o chamado miasma familiar, que interliga e corresponsabiliza os membros de uma família, independentemente de sua vontade. A outra questão, mais sutil, trata da heroificação e divinização do homem; é o processo pelo qual o homem retorna ao lado dos deuses, reconquistando sua imortalidade perdida através do sacrifício e das provas heróicas. E aqui está porque justamente os mais íntegros são escolhidos para serem sacrificados: é que, no dizer da Mistagogia arcaica, eles estão mais próximos da imortalidade – e por isto mesmo também da morte – do que os demais mortais, estando no final de suas inúmeras idas e vindas aqui na terra. Os modernos plagiaram esta crença religiosa dando-lhe o nome de reencarnação. (vs. 1025 a 1040)

Antígona: "Que mandamentos transgredi das divindades?
De que me valerá – pobre de mim! – erguer
Ainda os olhos para os deuses? Que aliado
Ainda olha para os deuses? Que aliado
Ainda invocarei se, por ser piedosa,
Acusa-me de impiedade? Se isso agrada
Aos deuses me conformo, embora sofra muito,
Com minha culpa, mas se os outros são culpados,
Que provem pelo menos tão pesadas
Quanto as que injustamente me impuseram hoje!"

Sai Antígona levada pelos guardas e, após o coro discorrer sobre Danâe e seus amores com Zeus, que tantas desgraças lhe trouxeram também, entra em cena o adivinho Tirésias, iniciando a quarta parte da peça (vs. 1100 a 1145)

Tirésias: "Ouve: de novo está pendente a tua sorte."

Creonte: "Que há? Tuas palavras fazem-me tremer."

Tirésias: (...) "E é por tua causa,
Por tuas decisões, que está enferma Tebas.
Nossos altares todos e o fogo sagrado
Estão poluídos por carniça do cadáver
Do desditoso filho de Édipo, espalhada
Pelas aves e pelos cães; (...) Pensa, então,
Em tudo isso, filho.
(...) A intransigência leva à estupidez.
Cede ao defunto, então! Não firas um cadáver!"

Creonte não aceita a advertência de Tirésias, respondendo-lhe de modo arrogante e tratando-o como charlatão. Este por sua vez, responde prontamente. Neste diálogo que se segue, brinda-nos Sófocles com algumas das mais agudas ironias relativas aos poderosos, sem deixar de mencionar o charlatanismo que já no V séc. a.C. grassava em Delfos e entre os adivinhos. (vs. 1150 a 1175)

Creonte: "Tu, ancião, e todos vós, fazeis-me o alvo
De vossas flechas, como arqueiros; não me poupa
Também agora o teu poder divinatório.
Há muito tempo a tua confraria explora-me
E faz de mim o seu negócio" (...)
Tirésias: "Ah! Saberá alguém, ou imaginará"...
Creonte: "Que dizes? Falas como se todos soubéssemos."
Tirésias: "... Que o bom conselho é a riqueza mais preciosa?"
Creonte: "Tal como, penso eu, a insânia é o mal pior." (sic)
Tirésias: "Estás enfermo, e gravemente, desse mal."
Creonte: "Para não insultar um adivinho, calo-me."
Tirésias: "Mas, já disseste que menti nos vaticínios."
Creonte: "Por ser gananciosa a raça dos profetas."
Tirésias: "E a dos tiranos ama só o ganho sórdido."
Creonte: "Sabes que estás falando com teu próprio rei?" (sic)

E após essa "pérola" de Creonte, Tirésias lança-lhe o terrível vaticínio, que prepara a introdução para a quinta e última parte da peça (vs. 1180 a 1190)

Tirésias: "Então fica sabendo, e bem, que não verás
O rápido carro do sol dar muitas voltas
Antes de ofereceres um parente morto
Como resgate certo de mais gente morta,
Pois tu lançaste às profundezas um ser vivo
Ignobilmente o sepultaste, enquanto aqui
Reténs um morto sem exéquias, insepulto,
Negando-o aos deuses ínferos. Não tens, nem tu,

Nem mesmo os deuses das alturas, tal direito;
Isso é vilania tua ousada contra os céus!
(...) Já que me provocaste, vou dizer agora:
As flechas dirigidas ao teu coração
Fui eu que as disparei em minha indignação,
Certeiras como as de um arqueiro experiente;
E da pujança delas não escaparás."

Retira-se então Tirésias guiado pelo menino e, ante as advertências que também o Corifeu faz, Creonte começa a apavorar-se. Trata de renunciar finalmente à sua decisão de manter o cadáver de Polinices sem sepulcro, mas é tarde, e os fatos agora começam a precipitar-se. Toda a empáfia e arrogância desmoronam, dando lugar a uma repugnante atitude de autocomiseração. (vs. 1210 a 1235)

Corifeu: "Senhor, esse homem retirou-se após dizer
Terríveis profecias e desde que vi
Os meus cabelos, antes negros, alvejarem,
Ele jamais previu mentiras à cidade."
Creonte: "Sei disso, eu mesmo, e tenho o coração perplexo.
Ceder é duro, mas só por intransigência
Deixar que a cólera me arruíne, é também duro."
Corifeu: "Cuidado, Creonte, filho de Meneceu!"
Creonte: "Que devo então fazer? Diz e obedecerei."
Corifeu: "Vai à caverna subterrânea e solta a moça.
Para o cadáver insepulto, faz um túmulo."
Creonte: "É o teu conselho? Achas melhor que eu ceda agora?"
Corifeu: "E sem demora, rei; a punição divina
Caminha por atalhos e com pés velozes
E logo alcança os que pensam em maldade."
Creonte: "Pobre de mim! Penosamente renuncio
À minha decisão e passo a proceder
Segundo o teu conselho; não insistirei

Neste combate vão contra o inevitável.
(...) Agora penso que é melhor chegar ao fim
Da vida obedecendo às leis inabaláveis."

A consciência tardia surge em Creonte, frente ao inevitável e às "leis inabaláveis" e faz-nos recordar o arcaico ditado délfico: "O destino acalanta quem o segue e arrasta quem o nega". Mas agora é tarde, inapelavelmente tarde, pois nem o mais poderoso dos homens é capaz de deter a sua marcha. E após uma glorificação de Zeus pelo coro, entra o Primeiro Mensageiro – porta-voz das desgraças que agora os deuses desfiam uma a uma. (vs. 1240 a 1305)

1º Mensageiro: "Morreram... e a causa da morte são os vivos."

Mais uma vez a ironia de Sófocles nesta observação; realmente, a causa da morte são os vivos, em todos os sentidos que esta expressão possa ter e mais: a causa da eternidade são os deuses, só que aqui Creonte tomou os seus lugares, como aliás os homens fazem até hoje. Assim, Sófocles mostra-nos como os homens são responsáveis pela sua mortalidade e somente a busca do divino fará com que se alcance a imortalidade.

Creonte: "Mas quem matou? E quem foi morto? Diz logo!"
1º Mensageiro: "Hêmon morreu; matou-o mão ligada a ele."
Creonte: "A mão paterna? Ou terá sido a dele mesmo?"
1º Mensageiro: "Foi ele, em fúria contra o crime de seu pai."
Creonte: "Ah! Adivinho! Era a verdade o que dizias!"

Mais uma vez, Tirésias disse a verdade que os homens nunca ouvem. Tirésias nada mais é do que a manifestação terrestre, a materialização da voz de Apolo. Ou seja, representa modernamente a intuição e a sensibilidade, formas superiores de inteligência, que deram lugar a uma lerda e paquidérmica deusa dos últimos séculos, que atende pelo nome de Razão. É com agudeza que Sófocles aborda em Antígona a maldição dos Labdácidas, numa reedição do desafio prometéico dos deuses; ou seja, são os homens que acreditam que a sua razão é tão poderosa que poderá burlar os deuses, aqui representados pela intuição de Tirésias que é a luz de Apolo. É ingênuo, mas vale repetir que, vinte e cinco séculos mais tarde, a estultícia humana continua intacta em seu desafio aos deuses.

Entra a seguir Eurídice, esposa de Creonte, que pede ao primeiro mensageiro que lhe relate os acontecimentos. Este passa a fazê-lo com toda a fidelidade. (vs. 1305 a 1395)

Eurídice: "Feriram-me os ouvidos
Notícias tristes de tragédia na família;
(...) Dizei-me novamente qual foi a mensagem;
Eu não a ouço como estranha a tais desgraças."

1º Mensageiro: (...) "Lavamos o cadáver com água lustral
E com recém-colhidos galhos em seguida
Incineramos aqueles restos mortais;
Com a terra onde ele veio ao mundo preparamos
Um sepulcro saliente para as suas cinzas.
(...) Foram cumpridas logo as ordens de nosso senhor
Desalentado; no interior do calabouço
Vimos pendente a moça, estrangulada em laço
Improvisado com seu próprio véu de linho;
Hêmon, cingindo-a num desesperado abraço
Estreitamente lamentava a prometida
Que vinha de perder, levada pela morte,
E os atos de seu pai, e as malsinadas núpcias.
Quando este o viu, entre gemidos horrorosos
Aproximou-se dele e com voz compungida
Chamou-o: Ah! Infeliz! Que estás fazendo aí?
Que ideia te ocorreu? Qual a calamidade
Que assim te faz perder o senso? Sai meu filho!
Eu te suplico! Imploro!
O moço, todavia,
Olhando-o com expressão feroz, sem responder
Cuspiu-lhe em pleno rosto e o atacou sacando
A espada de dois gumes; mas o pai desviou-se
E recuou, fazendo-o errar o golpe; então,

Com raiva de si mesmo, o desditoso filho
Com todo o peso de seu corpo se deitou
Sobre a aguçada espada que lhe traspassou
O próprio flanco; no momento derradeiro
De lucidez, inda enlaçou a virgem morta
Num languescente abraço
(...) E jazem lado a lado agora morto e morta,
Cumprindo os ritos nupciais
(...) Mostrando aos homens que, dos defeitos humanos,
A irreflexão é incontestavelmente o maior."

Ao ouvir este pungente discurso do mensageiro, no qual são relatados o enterro de Polinices, a morte de Antígona, a morte de Hêmon e a súplica de Creonte, com a irônica condenação da irreflexão humana, Eurídice retira-se silenciosamente para o palácio, enquanto Creonte retorna trazendo o corpo de Hêmon em seus braços. O rei confessa sua culpa pela morte do filho e o segundo mensageiro anuncia-lhe o suicídio de Eurídice. (vs. 1420 a 1455)

2º Mensageiro: "Morreu tua mulher, mãe infeliz do morto,
Há pouco, vítima de golpe bem recente."
Creonte: (...) "Ai! Ai de mim! Contemplo neste instante
Outra calamidade – é a segunda,
Pobre de mim! (...)"
2º Mensageiro: "Ela cerrou as pálpebras, envolta em trevas,
Ferindo-se com fina faca ao pé do altar,
Depois de lamentar a morte gloriosa
De Megareu, primeiro morto, e logo a deste,
Amaldiçoando-te nos últimos momentos,
A ti, ao assassino de seus próprios filhos."

Com estes versos, Sófocles fecha o ciclo da maldição dos Labdácidas: iniciou-se com o filho que matou o pai (Édipo) e encerrou-se com o pai (Creonte) matando o filho. No entanto, o parricídio de Édipo foi instrumento de transcendência enquanto que o filicídio de Creonte foi instrumento de perdição, mostrando-nos que uma falta ao ser cometida pode nela encerrar tanto a reparação heroica, quanto o desastre de uma morte sem glória. Encontramos aqui o arcaíssimo conceito de liberdade helênica, que consiste na coragem, determinação e escolha em cumprir o seu destino e, por oposição, vemos também a concepção de covardia e arrogância, que consiste em abandonar o destino proposto pelos deuses e tentar moldá-lo com as próprias mãos – como tola e ingenuamente propõem as filosofias individualistas e racionalistas da modernidade.

Vemos nos últimos versos, a confissão de Creonte que fugir de seu destino resultou na desastrosa anulação de si próprio e destruição dos seus. (vs. 1460 a 1490)

Creonte: "Levai-me imediatamente, escravos,
Para bem longe, pois não sou mais nada!"
Corifeu: "Nada mais peças, pois não podem os mortais
Burlar o destino."

Encerra-se a peça, com o coro cantando um hino à prudência (Métis). (vs. 1485 a 1490)

Coro: "Destaca-se a prudência sobremodo
Como a primeira condição
Para a felicidade. Não se deve
Ofender os deuses em nada.
A desmedida empáfia nas palavras
Reverte os vaidosos que, já na velhice,
Aprendem afinal a prudência."

• NOTAS DO CAPÍTULO IV

(1) TRADIÇÃO ORAL E INTUIÇÃO: Os aedos eram grandes iniciados, cuja função era guardar e enunciar todas as leis sagradas. Homero foi um deles, sendo que seus ensinamentos chegaram até nós porque pela primeira vez foram escritos, o que era proibido e não porque não se conhecesse a escrita. Esta era somente utilizada para transações comerciais.

(2) FALOCRACIA: Do grego "faló"- pênis e" kratos "- estado. Significava um estado onde as leis e funções políticas, sociais e religiosas eram exercidas exclusivamente pelos homens, perdendo as mulheres estes direitos, que tinham no período arcaico. Até hoje a situação não é muito diferente, principalmente no campo religioso.

(3) ANTÍGONA E ISMENE: O nome era conferido a uma pessoa pelo oráculo e significava a missão que os deuses esperavam que ela cumprisse. Desta maneira, seu significado etimológico era revelador, diferentemente dos dias de hoje, em que se dá o nome que se quer ou até que está na moda para um filho. Sófocles vale-se disto para mostrar-nos como Ismene (a lutadora) é uma traidora da missão a ela conferida pelos deuses, enquanto que Antígona (a que não aceita contradições) honra plenamente esta missão.

(4) PROMETÉICO-EPIMETÉICO: De Prometeu e seu irmão Epimeteu; o primeiro ensinou os homens a primeiro pensar e depois agir, enquanto seu irmão ensinou-os, infelizmente, a primeiro a agir e depois pensar.

(5) VIDA APÓS A MORTE: Mais uma vez, a certeza das religiões antigas de voltarmos a viver muitas vezes.

(6) LEI DE TALIÃO: "Olho por olho, dente por dente." É exatamente o oposto que Antígona prega.

(7) RAZÃO: "Logos" em grego - daí lógica. Seu significado é, no entanto radicalmente diferente no período arcaico do sentido moderno - que se instala a partir do séc. IV a.C. e mais especialmente a partir de Aristóteles. Significa "luz de Apolo"- intuição. A razão, tal como a conhecemos hoje, era considerada mera técnica ("techné") - e nunca fonte de conhecimento e de sabedoria. Estes, só podiam ser alcançados pela intuição.

(8) PALAVRAS: Temos aqui mais um problema intransponível de tradução: Palavra é "logos" em grego arcaico, como no moderno também, mas seus significados são radicalmente diversos. O arcaico indica luz de Apolo-verdade intuída, já o moderno é apenas uma palavra qualquer, sem compromisso com a verdade. Exatamente como usamos as palavras hoje.

(9) ÁRVORES FLEXÍVEIS: Alusão à fluidez original do logos (intuição) contra a rigidez maniqueísta do racional.

(10) CIÊNCIA: "Epistime" ou "nous" no original grego – daí epistemologia e luz. Novamente uma alusão a Apolo; nada a ver com o conceito moderno de ciência racional.

BIBLIOGRAFIA

Sófocles: Édipo-Rei; Édipo em Colono; Antígona - Trad. Mário da G. Cury, Rio de Janeiro, Jorge Zahar Editor, 1989.

Apollodórou: *Bibliothéke;* Atenas, Ed. Afon Tolidi O. E, 1984.

Sofokléous: *Oidípous Tírannos;* Atenas, Ed.Nikodemous, 1951.

Sofokléous: *Oidípous epi Colonó:* Atenas, Ed. Papiros, 1958.

Sofoklé: *Autigóne:* Atenas, Ed. N. &S. Rosse, 1955.

Omérou: *Iliáda;* Trad. para o grego moderno de N. Kazantzakis, Atenas, Ed. Didaktikón Biblíon, 1990.

Ioán Stamatákou: *Lexikón tes Arxaías Ellenikés Glóssis (Dicionário da Língua Grega Arcaica);* Atenas, Ed. O Foínix, E.P.E. 1972.

Ioannou Rispen: *Elleniké Mythologgia;* Atenas, Ed.Pergaminai, 1954.

Thoukidídou (Tucídides): *Pindáro Apospásmata (Píndaro - fragmentos);* Atenas, Ed. Papyros, 1953.

Hesíodo: *Teogonia; Trabajos y Dias; Certamen; Escudo;* Madrid, Alianza Editorial, 1986.

Platão: *Diálogos - Mênon, Simpósio, Fedro;* Rio de Janeiro, Ed. de Ouro, 1974.

Hermes Trimegistos: *Corpus Hermeticum - A Tábua de Esmeralda;* São Paulo, Ed. Hemus, 1988.

Marcel Detienne: *Os Mestres da Verdade na Grécia Arcaica;* Rio de Janeiro, Jorge Zahar Editor, 1982.

J. P. Vernant: *A Morte nos Olhos;* Rio de Janeiro, Jorge Zahar Editor, 1988.

J. P. Vernant: *Mito e Pensamento entre os Gregos;* São Paulo, Ed. da Universidade de São Paulo, 1973.

J. P. Vernant, P. Vidal - Naquet: *Mito e Tragédia na Grécia antiga - I e II;* São Paulo, Ed. Brasiliense, 1988.

Mircea Eliade: *Mito e Realidade;* São Paulo, Ed. Perspectiva, 1986.

Joseph Campbell: *As Máscaras de Deus;* São Paulo, Ed. Palas Athena, 1992.

A. Jaá Torrano: *O Sentido de Zeus;* São Paulo, Ed. Iluminuras, 1996.

Fernand Robert: *A Religião Grega;* São Paulo, Ed. Martins Fontes, 1988.

Werner Jaeger: *Paideia: A Formação do Homem Grego;* São Paulo, Livraria Ed. Martins Fontes, 1986.

Édouard Shuré: *Os Grandes Iniciados (8 vols.);* São Paulo, Martin Claret Ed., 1987.

Vários autores: *Revista - La Puerta: La Tradición Griega;* Barcelona, Ed. Obelisco, 1992.

H. P. Blavatsky: *A Doutrina Secreta (6 vols.);* São Paulo, Ed. Pensamento, 1989.

Eduard. F. Edinger: *The Eternal Drama - The Inner Meaning of Greek Mythology;* Boston, Random House Ed., 1994.

Paul Diel: *O Simbolismo na Mitologia Grega;* São Paulo, Attar Editorial, 1991.

Sigmund Freud: *Obras completas;* Rio de Janeiro, Imago Editora Ltda, 1974.

Jacques Lacan: *Escritos 1 e 2;* México, Siglo Veinteuno Editores, 1977.

SOBRE O AUTOR

Viktor D. Salis nasceu em Atenas, Grécia. Formou-se em Psicologia em 1971 pela PUC-SP e estudou Epistemologia Genética com Jean Piaget em Genève, Suíça, onde completou seu primeiro doutorado em 1977. Em 1981 estudou "A Fenomenologia dos Mitos" com Igor Caruso na Universidade de Salzburg, obtendo seu segundo doutorado.

Daí em diante, dedicou-se cada vez mais ao estudo das tradições e mitos das antigas civilizações gregas, egípcias, judaico-cristãs, caldaicas e orientais, buscando recuperar seu significado original, ou seja, fornecer chaves ao homem para a arte de viver e amar, e principalmente buscar respostas para o Enigma da Esfinge, que as ciências modernas não foram capazes de responder: Quem sou eu e que faço aqui? De onde venho? Para onde vou?

Por conhecer bem o grego antigo e o moderno, estuda e trabalha com os textos originais, dispensando as traduções e as adaptações. Domina também o inglês, francês, espanhol e lê o latim e o alemão. Escreveu diversas obras na área dos mitos e tradições arcaicas. Escreve peças de teatro baseadas nos mitos.

Trabalha como terapeuta num processo que denomina "Terapia Mítica", onde se busca o conhecimento de si e do outro através dos mitos arcaicos e se permite abrir as portas para a compreensão e a evolução do ser humano, conferindo-lhe o seu sentido cósmico.

Desenvolve também trabalhos na área da educação, buscando recuperar o ideal helênico de formar o homem "obra de arte, ético e criador", superando o homem tecnicista, materialista e angustiado do séc. XXI, e abrir-lhe novas possibilidades.

Mitologia • Psicoterapia mítica • Psicopatologia
Depressão • Síndrome do pânico • Consultoria executiva em educação
Ética empresarial • Treinamento

www.viktordesalis.pro.br • www.viktordesalis.com.br

Facebook: **Viktor David Salis**

E-mail: **vdsalis@gmail.com**

"

Pretendo mostrar nesta obra que a problemática fundamental do homem - existencial, psicológica e social - nunca poderia centrar-se num desejo incestuoso inconsciente (o complexo de Édipo ou de Electra; a questão sexual segundo a psicanálise), mas sim no desejo natural cósmico de se ter direito à vida - e poder exercê-lo com dignidade. Mais do que tudo, o horror - o horror dos horrores da condição humana - é não ser amado, ser rejeitado e excluído pelo outro, não importando se são os pais, o cônjuge, o amigo ou quem quer que seja. Quer dizer, toda e qualquer rejeição pode ser fatal.

Não, a questão essencial da existência não é e nunca poderia ser sexual, consciente ou inconscientemente.

É do direito natural cósmico nascer, viver e morrer com dignidade e amor.

Eis aqui a proposta para uma revisão séria e profunda dos princípios da psicanálise, que poderiam arrancá-la de sua pequenez e torpor individualista e lançá-la como verdadeira ciência do homem; lugar que Freud - tenho certeza - esperava e merecia alcançar através de seus seguidores. Ele ainda aguarda.

"
